KB089898

엄마가 되고 난,  이런 생각을 해

**일러두기** 책에 수록된 그림책의 표지 및 본문 이미지 및 인용은
저자와 출판사의 허락을 구한 뒤 사용되었습니다.
책에 수록된 그림책의 표지 및 본문 이미지에 대한
저작권은 해당 책의 저자와 출판사에 있습니다.
책에 수록된 미술치료 사례는 내담자의 동의를
구했으며, 개인 정보가 드러나지 않도록 하였습니다.
일부 내용은 재구성되었습니다.

**도움을 주신 출판사**
마루벌, 보림, 사계절, 시공주니어, 예담,
정글짐북스, 책읽는곰, 한솔수북, 한울림어린이

**도움을 주신 엄마들**
세은·나은 엄마 이백설, 지유·서윤 엄마 차서영,
이나·이루 엄마 천하람, 호준·상민 엄마 최요중,
태하 엄마 이스리, 민경 엄마 이서연, 예준 엄마 최유진,
규빈 엄마 표경진, 하진 엄마 홍지윤

# 엄마가 되고 난,

# 이런 생각을 해

그림책 힐링 에세이

어느 날, 엄마가 되었습니다

결혼을 하고 막연히 언젠가는 나도 엄마가 되겠구나 생각은
했지만, 막상 엄마가 된다니 잘 실감이 나지 않더라고요.
아이가 배 속에서 자라는 열 달 동안 어떤 엄마가 될지 수없이
상상해봤어요. '자유분방한 엄마가 될까? 다정다감한 엄마가
될까? 당당하고 멋진 엄마가 될까?' 이 생각 저 생각의 끝에는
늘 '난 좋은 엄마가 될 거야.'라는 확신이 있었던 것 같습니다.

먼저 엄마가 된 주변 사람들이 장밋빛 인생만을 보여준 건 아니었어요. 아이가 생겨 꿈을 포기한 친구, 직장에 있으면 애 걱정하고 집에서는 일 걱정한다는 선배, 내 이름을 잊고 누구의 엄마로만 살아간다는 언니, 환상을 버리고 현실을 바로 보라고 조언해주던 사람들. 그런 수많은 이야기를 들었는데도 왜 난 다를 거라 생각했을까요? 산후 우울증, 출산 후 비만, 경력 단절……. 다 나에겐 해당되지 않을 거라 생각했어요. 정말 자신이 있었는지 아니면 너무 두려워서 그랬는지 잘 모르겠지만 요즘 말로 근자감에 단단히 빠져 가볍게 지나쳤고, 모르는 척 눈감아버렸습니다.

그리고 아이가 태어났어요. 다음 상황은 다들 짐작하시겠죠? 제 모습을 한마디로 표현하면 못난 백조 같았어요. 물 위에 떠 있기 위해 물속에서 끊임없이 갈퀴질을 하듯이 매일 실수하고 자책하고 반성하는 초보 엄마 그 자체였어요. 아이에게도 나 자신에게도 말이죠. 그렇게 엄마가 되고서 저에겐 내가 나인지 너인지 아무나인지도 모를 시간들이 찾아왔습니다. 지금껏 한 번도 경험해보지 못한 감정들이 요동을 쳤어요. 모든 게 엄마가 되는 과정이려니 편하게 생각하자 하다가도 나의 작은 몸짓과 표정에 울고 웃는 아이를 보면 또 깊은 고민에 빠지는 밤들이 많았습니다.

사람들은 말합니다. 엄마라는 존재는 세상에서 가장 강한 사람이라고요. 그런데 엄마가 되고 전 겁도 많아지고 두려움도 커지고 불안도 늘었어요. 다른 사람들은 모두 다 씩씩하고 괜찮아 보이는데 나만 왜 이러는 걸까 자괴감에 빠지는 날들도 많았고요. 그럴 때 저처럼 엄마가 된 친구들을 만나 이야기를 나누다 보면 눈물 콧물 흘리며 함께 말합니다.

"너만 그런 게 아니야."

그 한마디가 참 힘이 돼요. 군대 동기 부럽지 않은 전우애도 생기고요. 자연스레 서로를 안아줍니다. '우리 이만하면 잘하고 있어. 우린 충분히 괜찮은 사람이야.' 응원을 보내면서요.

그리고 그림책, 저는 그림책을 펼칩니다.

사실 그림책 편집자라는 직업 덕분에 아가씨 때부터 다양한 그림책을 많이 접할 수 있었어요. 그런데 엄마가 되고 만나는 그림책은 조금 더 특별했습니다. 나와 내 아이의 이야기가 가득 담겨 있으니까요. 게다가 아동 심리가 궁금해 시작한 미술치료 공부를 통해 그림책이 가진 치유의 힘을 알게 되었어요. 어느 그림책의 이야기는 꽁꽁 숨겨둔 나의 감정을 끌어냈고, 어느 그림책의 그림은 보고 있는 것만으로도 편안함과 따스함을 선물해주었죠.

자연스레 육아가 힘든 날, 엄마라는 이름이 버거운 날, 엄마이기 전에 나이고 싶은 날……, 그런 날엔 그림책을 펼쳤습니다. 그림책은 육아 동지였고, 엄마 선배였고 그리고 속 깊은 친구였습니다. 그야말로 엄마가 된 나를 위로해주고 응원해주는 고마운 존재입니다.

어느 날 엄마가 되고 모든 것이 혼란스러웠던 시간들을 떠올리며, 나와 같은 시간을 갓 보냈거나 혹은 보내고 있을 초보 엄마들을 위해 그림책 이야기를 하겠노라 생각을 하고 오랜 시간 이 책을 썼어요. 글을 쓰며 아이가 태어난 순간부터 지금까지 나에게 다가온 그림책들을 한 권 한 권 다시 만나보았습니다. 아이에게 처음으로 보여줬던 그림책, 논문 마감을 코앞에 두고 숨죽여 흐느끼며 보았던 그림책, 아이와 깔깔깔 배꼽을 잡고 보았던 그림책……. 그림책 속 이야기와 그림책을 보았던 상황들, 그림책을 사기 위한 발걸음까지 지난 시간들이 선명히 떠올랐습니다.

특별할 것 없는 평범한 엄마의 시간들이지만 때로는

치열한 전쟁이었고 때로는 뾰족한 가시덤불 길이었어요.
그럼에도 그 시간들이 엄마라는 이름 아래에서 소소하게
빛나고 있었음을 제 스스로 알아주고 싶습니다. 그리고
엄마라는 이름을 함께 공유하는 엄마들과 우리 이 정도면
잘하고 있다고 함께 토닥이고 싶습니다.

오늘도 한 손엔 아이의 어린이집 가방과 노트북 가방을
들고 다른 한 손으로는 걷는 게 힘들다 떼쓰는 아이를
번쩍 안아들어요. 에구구 소리가 절로 나오지만, 품 안에
스며드는 아이의 냄새가 참 좋습니다. 잠들기 전 아이와 함께
보는 그림책 한 권, 그리고 엄마의 아픈 허리와 저린 팔을
조물거리는 아이의 고사리손을 바라보며 엄마라서 힘들지만
엄마라서 행복한 그런 하루가 지나갑니다.

이 책을 짓는 여정은 한 사람으로, 한 아이의 엄마로,
한 가정의 가족으로 건강하고 행복한 사람이 되기 위한
노력이었습니다. 나를 엄마이게 해준, 나를 엄마라고 불러주는
사랑하는 치호와 전보다 덜 발랄하고 덜 예뻐도 여전히 나를
지지해주고 사랑해주는 내 최측근 남편 그리고 늘 힘을 주는
가족들이 고맙고 또 고맙습니다. 저보다 2년 늦게 엄마가

되어 현재 그야말로 좌충우돌 혼란과 행복이 뒤섞인 초보 엄마의 시간을 보내고 있는 동생에게 이 책이 작은 힘이 되길 바랍니다.

또한 책의 출발점부터 마침까지 함께 울어주고 웃어주며 조언과 격려를 아끼지 않은 보통의나날 문지애 대표님, 부족한 글을 잘 다듬어진 예쁜 그릇에 곱게 담아주신 곰곰디자인 조희정 실장님, 애정 어린 마음으로 꼼꼼히 글을 다듬어준 박지혜 편집자님께 감사의 마음을 전합니다.

2018년 가을
표유진

# 차례

아드리앵 파를랑주 글·그림

박선주 옮김

2015
볼로냐
국제 어린이 도서전
라가치 상
수상작

곧
이 방으로
사자가
들어올 거야

징검징북스

엄마가 되고 난, 겁쟁이가 되었어

《곧 이 방으로 사자가 들어올 거야》

아이를 키우는 과정에서 만나는 수많은 걱정과
두려움 때문에 아이의 성장을 응원하지 못한다면
그건 아이가 더 넓은 세상으로 나아가 마음껏
탐색하고 도전할 기회를 뺏는 걸지도 몰라요.

회사를 그만두고, 대학원에 입학한 지 보름이 채 되지 않았을
때 아이를 가졌다는 사실을 알게 되었어요. 얼마 전부터
몸살기가 있고 지하철이나 버스를 타면 현기증이 나는 게 뭔가
이상하다 싶었는데, 작은 생명이 찾아와 생긴 변화였습니다.

물론 처음엔 기뻤죠. 생각지도 못했던 만남이었지만
남편과 나 사이에 우리의 아이가 생겼다는 사실은 그 어떤
말로도 표현하지 못할 감동이었어요. 하지만 기쁨도 잠시,
저에게 지독한 입덧이 찾아왔습니다. 먹는 것은 고사하고
냄새만 맡아도 심한 구토를 했죠.

다른 사람들도 이런가 궁금했어요. 그래서 출산과 육아에
관한 정보가 상당하다는 유명한 인터넷 카페에 가입을 하고,
정보를 검색했어요. 당시 남편과 주말부부였기에 혼자 있는
시간이 많았어요. 궁금증과 외로움을 달래기 위해 전 밤이면
밤마다 캄캄한 방에서 노트북을 켜고 사람들의 이야기를
훔쳐보았습니다.

그런데 문제는 상상하기 힘든 분만의 고통부터, '정말
이런 일이 있다고?' 하는 의구심이 들 만한 갖가지 질병과
사고에 대한 이야기가 그곳에 가득했다는 거예요. 대학원
수업에서 몸과 마음의 질병 또는 장애에 대해 한창 배우던

때라 사람들의 이야기를 쉽게 지나치지 못했어요. 무섭고 두려워졌습니다. 내가 열 달의 시간 동안 아이를 잘 지킬 수 있을지, 사고 없이 무사히 아이를 낳을 수 있을지, 아이가 아프지는 않을지…….

하루는 친구를 붙잡고 인터넷 카페를 보니 이런 일도 있더라 하며 걱정을 늘어놓았어요. 그러자 이미 아이를 두 명이나 낳은 친구가 웃으며 말했습니다.

"너의 건강한 출산을 위해서는 일단 인터넷 좀 멀리하고 좋은 것만 생각해. 걱정만하다 좋은 시절 다 간다. 엄마 선배로서 말하는데 임신 기간이 제일 행복한 시간이다, 너……."

친구의 여유 있는 웃음이 무엇을 의미하는지 그땐 알지 못했어요. 내심 별 거 아닌 걸로 유난 떤다 말하는 친구가 서운했어요. 병원에서 해야 한다는 검사는 모조리 다하고 아기에게 좋다는 약도 꼬박꼬박 챙겨 먹고 아이가 쑥쑥 자라고 있는 모습을 초음파를 통해 두 눈으로 직접 확인하면서도 저의 걱정은 쉬이 사라지지 않았습니다.

그렇게 열 달을 보냈어요. 그리고 아이는 건강하게 우리 곁에 와주었고요. 하지만 아이가 태어났다고 해서 걱정 역시 스르르 사라진 건 아니었습니다.

아이가 신생아일 때에는 자는 아이의 코에 손을 가져다 대며 숨을 쉬는지 확인하고 안도했던 게 한두 번이 아니었어요. 아이가 뒤집기 연습을 할 때는 혹시나 밤에 자다가 자기도 모르게 뒤집혀 숨이 막히면 어떡하나 하는 걱정에 밤잠을 설치기 일쑤였어요. 기어 다니다 날카로운 모퉁이에 부딪히진 않을지, 아장아장 걸어 다니다 넘어져 얼굴을 다치진 않을지, 부엌 근처에서 놀다 화상을 입지는 않을지, 정말 일일이 열거하기도 힘든 걱정들이 꼬리에 꼬리를 이어갔죠. 자칭 안전지상주의자인 남편은 틈만 나면 저에게 영아 안전 교육을 하기 일쑤였고요. 우리 부부는 그렇게 매일 아이를 안전하게 지켜야 한다는 사명감과 혹시나 우리가 아이를 지키지 못하면 어쩌지 하는 두려움 속에서 부모가 되어갔습니다.

그리고 이제 막 부모가 된 제 여동생 부부 역시 저희 부부가 갓난아기를 안고 느꼈던 두려움과 비슷한 마음을 느끼며 부모의 길을 걸어가는 것 같습니다. 한번은 여동생이 전화가 와서 조카가 열이 난다고 했어요. 걱정되는 마음에 몇 도까지 열이 올랐느냐고 물었는데, 허허 웃음이 났습니다.

"37도야. 오늘은 하루 종일 집에 있어야 돼. 열 더 오르면 안 되니까."

36.5도보다 무려 0.5도나 높은 수치에 초보 부모인
동생과 제부는 혹여나 아이가 아플까 걱정하고 있었던
거예요. 걱정하지 말라고, 그 정도면 정상 체온이라고 동생을
안심시키고 전화를 끊었습니다. 제가 피식 웃는 모습을 보고
남편이 묻습니다.

"우리도 예전에 그랬나?"

생각해보니 그랬던 날들이 있었던 것 같아요. 아이가
하루 종일 똥을 안 싼다고 전전긍긍하고, 아이가 토를 좀
심하게 했다고 냅다 대학병원 응급실을 찾은 날이 있었죠.
지금은 동생 앞에서 2년쯤 더 부모 생활을 해보면 그런
건 그냥 웃으며 넘길 수 있다고 말하는 여유가 생겼지만
말이에요. 그러고보니 저보다 한 10년 정도 더 빨리 부모
생활을 시작한 사촌 언니가 아이를 앞에 두고 걱정에 걱정을
하는 저를 보며 "훗!" 하고 웃었던 게 떠오릅니다. 지나보면
별것 아닌 걱정이라고 말하면서요.

《곧 이 방으로 사자가 들어올 거야》는 어린아이들이
느끼는 실체가 없는 막연한 두려움에 대한 이야기를 다루는

그림책입니다. 호기심 많은 한 아이가 사자가 방을 비운 사이 사자의 방에 들어가면서 이야기가 시작돼요. 아이가 방으로 들어오는 소리에 방구석에서 잠을 자고 있던 생쥐가 놀라 달아나 버리죠. 잠시 후 밖에서 무슨 소리가 들리고, 아이는 사자가 들어온 줄 알고 재빨리 침대 아래로 숨어요. 하지만 방에 들어온 건 사자가 아니라 또 다른 아이였죠. 침대 밑에 숨은 아이는 사자가 온 것이라 철석같이 믿고 있으니, 행여 사자에게 들키지는 않을까 얼마나 무서웠을까요?

얼마 뒤 또 누군가 방 안으로 들어오는 소리가 들려요. 그러자 이번엔 두 번째로 방에 들어왔던 아이가 잽싸게 천장의 등 위로 올라가 숨죠. 이 아이도 사자가 방에 들어왔다고 생각한 거예요. 하지만 방에 들어온 것은 사자가 아니라 여자아이였어요. 이후에 개 한 마리, 새 한 무리가 들어오고 나서야 진짜 사자가 방 안으로 들어와요. 물론 여자아이도, 개도, 새 한 무리도 사자에게 들킬까봐 무서워 벌벌 떨며 방 안 곳곳에 숨어 있고요.

드디어 사자가 방에 들어왔어요. 그런데 이 커다란 사자는 어딘지 모르게 바뀌어 있는 자신의 방이 무서워 이불 속에 숨어버립니다. 그때 아무것도 모르는 조그만 생쥐가 다시

방 안으로 들어와요. 그리고 사자가 숨어 있는 이불 위에서 편하게 누워 잠을 자죠. 물론 숨어 있는 이들은 모두 뜬눈으로 잠을 지새웠을 거예요.

두려움은 때론 생각을 왜곡시키고, 나 자신을 위축시켜요. 작은 두려움이 눈덩이처럼 커져 걷잡을 수 없는, 감당할 수 없는 큰 공포가 되기도 하고요. 치료실에서 만났던 한 아이가 있습니다. 당시 일곱 살이었는데, 아이의 엄마는 한두 평 남짓 되는 작은 안방을 아이에게 가장 안전한 곳이라 여기고 세 살이 될 때까지 거의 방 안에서만 아이를 키웠다고 했어요. 아이의 엄마는 작고 어린 아이가 나가기엔 세상은 위험한 것들로 가득하다고 생각했대요. 다행히 아이는 일곱 살이 될 때까지 별다른 위험 없이 자랐지만, 안타깝게도 또래에 비해 보고 느낀 세상이 무척 작았어요. 엄마의 두려움에 가로막혀, 아이의 세상은 전혀 확장되지도, 성장하지도 못했던 거예요.

치료 과정 중에서 아이와 함께 《곧 이 방으로 사자가 들어올 거야》를 본 적이 있어요. 두려움으로 가득 차 있는 이 방을 아이가 어떻게 바라볼지 궁금했습니다. 천천히 한 장 한

장 그림책을 바라보던 아이가 말했어요.

"선생님, 꼭 숨바꼭질하는 거 같아요. 다 같이 나가 놀면
재밌을 텐데."

무서움이라는 감정보다는 놀이를 먼저 떠올리는
아이를 보며 편히 잠을 자는 생쥐와 아이가 닮았다 싶었어요.
귀여웠고 대견했습니다. 아이를 키우는 과정에서 만나는
수많은 걱정과 두려움 때문에 아이의 성장을 응원하지
못한다면 그건 아이가 더 넓은 세상으로 나아가 마음껏
탐색하고 도전할 기회를 뺏는 걸지도 몰라요.

"하지만 방에 들어온 것은 사자가 아니었어.
또 다른 소년이었지.
첫 번째 소년은 침대 아래에 숨어 있느라,
두 번째 소년이 들어온 걸 알지 못했어.
사자가 들어온 줄로만 생각했지.
첫 번째 소년은 몹시 두려웠단다."

《곧 이 방으로 사자가 들어올 거야》 중에서

그림책을 보며 부모가 되어 아이를 키우는 과정에서

만나는 수많은 걱정과 두려움이 실은 별것 아닐 수도 있겠구나 눈으로 확인한 것 같아 왠지 모를 안도감이 느껴졌어요.

아이의 안전과 관련해서는 열 번이고 더 확인하고 세심히 신경 써야 하겠지만, 어쩌면 대부분의 두려움은 우리가 생각하는 것보다 별것 아닐지도 모르겠습니다. 아무도 없겠지, 마음 놓고 쿨쿨 잠을 자던 생쥐에게 박수를 보냅니다.

《무릎딱지》

어느 날부터 오른쪽 가슴에 통증이 느껴졌어요. '혹시?' 하는 의심은 자꾸만 커져, 이러다 내가 아이를 오랫동안 곁에서 지켜주지 못하면 어쩌나 하는 참 바보 같은 두려움으로 이어졌습니다.

병원에 가서 검사를 하고, 이상이 없다는 의사의 소견을 듣기까지 보름 동안 이런저런 생각을 했어요. 그러다 어렸을 적 '어느 날 갑자기 엄마 아빠가 사라지면 어떡하지?' 하는 걱정을 했던 모습이 떠올랐습니다. 그땐 그런 생각을 하면서도 고개를 절레절레 흔들고, 상상을 한 것만으로도 나쁜 아이가 된 것 같아 무척 괴로웠었죠.

"안 돼! 열지 마. 엄마가 빠져나간단 말이야."

《무릎딱지》 중에서

《무릎딱지》는 엄마가 세상을 떠난 후 남겨진 아이의 이야기가 담긴
그림책이에요. 엄마를 잃은 후 아이의 집에 할머니가 찾아와 꽁꽁 닫힌 창문을
열자 아이는 엄마의 흔적들이 사라질까 두려워 마구 몸부림을 칩니다. 붙들고
싶은 엄마의 냄새가 날아가 버릴 것 같아 끝도 없는 눈물을 쏟습니다.
처음 이 책을 보았을 때는 차마 끝까지 읽을 수가 없었어요. 아이를 세상에
남겨두고 눈을 감는 순간 아이의 엄마는 무슨 생각을 했을까 생각하니 눈물이
어찌나 나는지……. 세상 어떤 엄마에게든 가장 두렵고 무섭고 슬프고 겁나는
그런 상황이겠죠.
엄마를 잊지 않으려 애쓰는 아이의 모습을 보면서 전에는 오로지 나를 위해서
몸을 챙겼다면, 이제는 아이 때문에라도 내 몸을 더 살펴야겠다고 생각했어요.
나를 필요로 하는 아이에게 언제든 그리고 오래도록 사랑을 맘껏 줄 수 있게요.

내가 아이에게 해줄 수 있는 최고의 사랑은
아이가 "엄마!" 하고 부르면 언제든 달려가는 거예요.
사랑하는 아이 곁에서 오래오래 함께한다는 것,
그것만큼 소중한 일이 어디 있을까요?

## 《엄마는 언제 날 사랑해?》

잠자리에 들기 전 아이가 말합니다.

"엄마 비밀 알려줘."

진짜 비밀을 이야기해달라는 게 아니라 그림책 《엄마는 언제 날 사랑해?》를 읽어달라는 말입니다.

"그래, 비밀 알려줄게."

그림책 속 엄마가 아이에게 이야기합니다. 엄마는 네가 세상에서 제일 잘나 보일 때나 못나 보일 때나, 엄마 말을 잘 따를 때나 그렇지 않을 때나 늘 너를 사랑한다고요. 엄마는 네가 엄마 아들이라서, 세상에 하나뿐인 너라서 너를 사랑한다고 말합니다. 그리고 이 모든 게 엄마의 비밀이라고 속삭이죠.
매일매일 훈육과의 전쟁을 치르고 있는 중이어서 내심 마음 한구석이 찔리지만
최대한 상냥하게 책을 읽습니다. 꼭 그래야만 할 것 같은 책이거든요. 사실
엄마의 한마디 한마디가 어디 하나 내 마음이 아닌 게 없습니다.
그리고 아이도 알고 있는 것 같습니다. 이게 책의 이야기가 아니라 엄마의 진짜
비밀 이야기라는 걸 말이죠.

"엄마는 네가 용감하게 맞설 때도 겁에 질려 숨을 때도 널 사랑해."
《엄마는 언제 날 사랑해?》중에서

책을 보던 아이가 비장한 표정으로 말합니다.
"난 형아야. 안 무서워. 엄마는 내가 지켜줄게!"
그러고는 제 손을 꼬옥 잡습니다. 여러 일로 괜히 마음이 심난했는데, 아이의
작은 두 손이 전하는 온기가 그리고 용기가 마음을 다독여줍니다.

엄마의 비밀이 거짓이 아니라는 걸,
아이 곁에서 오랫동안 천천히 전하고 싶습니다.

# 커졌다!

서현 글·그림

사계절

엄마가 되고 난, ——————— 점점 작아져

《커졌다!》

사실 이 날뿐이겠어요.
아이를 키우며 남과 나를 비교하고,
혹은 다른 집과 우리 집을 비교하며
스스로 초라하다 여긴 순간이 말이에요.

한참 일을 하고 있는데 대학 친구로부터 메시지가 왔습니다. 친구는 유명 출판사의 그림책 시리즈가 자신의 아이 수준에 맞느냐고 물어왔죠. 워낙 좋은 그림책이 많이 포함된 시리즈이기도 했고, 일이 바쁘기도 한 터라 간단히 좋다고 대답을 보냈습니다. 그러자 친구는 시리즈 전 권을 다 사는 것과 수상작들만 따로 모아놓은 특별 구성 세트를 사는 것 중 어떤 게 더 좋은지 물었어요. 급한 내용이 아닌 것 같아 하던 일을 마치고 통화를 해야겠단 생각에 잠시 대답을 미뤘습니다. 그리고 얼마 뒤 친구에게서 다시 메시지가 왔어요. '바쁘구나. 애가 생일 선물로 그림책 선물해달라고 하는데 어떤 게 좋은지 몰라 고민하다가 네가 좋다고 해서 그냥 전 권 다 샀어.'

200권이 넘는 그림책을 아이의 생일 선물로 샀다는 친구의 말에 바로 가격을 검색해보았습니다. 마음이 착잡했어요. 더 이상 친구가 어떤 그림책을 샀느냐는 중요하지 않았습니다. 얼마짜리를 샀느냐가 중요해진 거예요. 하지만 친구에겐 가격에 대해 일절 언급하지 않고 '좋은 책 많이 생겨 좋겠다. 두고두고 읽을 수 있을 거야. 최고의 생일 선물이네.' 같은 마음에 없는 소리들을 늘어놓았어요. 무슨 말이 하고 싶었는지는 잘 모르겠습니다. 어쩌면 아무 말도 하기 싫었는지 몰라요.

종종 아이와 함께 그 친구 집에 놀러 가면, 아이는 우리 집에 없는 온갖 장난감을 보며 눈이 휘둥그레지곤 했어요. 딱 봐도 값비싸 보이는 변신 자동차에서 눈을 떼지 못하고, 방 안 가득 쌓여 있는 교구들을 신기한 듯 만져보았어요. 그때마다 값비싼 장난감 하나 없는 우리 집 아이 방을 떠올리며 나도 하나쯤 사줘야 하나 생각했어요. 그래서 그 집에 있던 장난감 중 특히 아이가 좋아했던 변신 자동차 가격을 검색해보기도 했죠. 물론 비싼 가격에 화들짝 놀라 혼자서 없던 일로 해버리곤 했지만요.

그런 날엔 어김없이 남편에게 잘난 척 가득한 말들을 쏟아냈습니다. '누구네 집에 갔다 왔는데 장난감이 너무 많더라, 아이에겐 너무 비싼 장난감이 별로 좋지 않다, 우리 집은 장난감 대신 그림책이 많으니 얼마나 좋은 환경이냐, 나는 잘하고 있는 것이다.' 그런데 그날은 그림책으로도 내심 부러웠던 속마음을 숨길 수 없었어요. 기분이 안 좋았어요. 남편이 괜히 밉고, 아이도 귀찮았어요.

그날 밤 아이가 잠들자 남편이 물었습니다.

"그게 그렇게 질투나?"

눈치 없는 남편은 끓는 기름에 물 끼얹는 것도 아니고,
숨기고 싶던 마음을 콕 집어냅니다. 얼굴이 화끈 달아오르고,
자존심이 상해 버럭 앞뒤 안 맞는 항변을 해댔죠.
　"아니, 질투가 아니라 나는 그림책 편집자잖아. 그 책들
다 좋단 말이야. 그래서 나도 갖고 싶은 거지. 편집할 때 참고도
되고, 내가 좋아하는 작가 책도 많이 있고, 또……."
　"또?"
　"아, 몰라!"
　버럭 남편에게 화를 냈어요. 남편의 말이 정확히
맞았으니까요. 그런데 남편이 한마디를 더합니다.
　"너 원래 안 그랬잖아."
　순간 내 자신이 너무나 초라하게 느껴졌어요. 안 그랬죠.
돈이야 있으면 편하고, 없어도 괜찮은 거라 생각했던 젊은
날이 있었죠. 연봉이 적어도 그림책 만드는 일이 마냥
좋았어요. 오만 원, 십만 원 차곡차곡 모아 여행을 가면 그걸로
행복했던 아가씨 시절이 저에게도 있었죠. 합정동 옥탑
술집에서 마음 맞는 친구나 동료와 맥주 한 잔에 책 얘기, 음악
얘기, 여행 얘기를 하며 내일 따위는 생각하지도 않고 시간
가는 줄 모르고 수다를 떨던 때가 있었습니다. 가끔은 돈 많은

집에 시집 가서 시집살이 한다던 건너 건너 아는 누군가의
이야기를 안주 삼아 돈 없어도 우리가 낫다며 철없이 웃던
시간들도 있었어요.

그 누구의 삶보다 지금 내 삶이 멋지고 소중했던,
지금과는 조금 다른 내가 있었습니다. 순간 내가 참
못나졌구나 하는 생각이 들었어요. 그립고, 부끄럽고, 화가
나고, 우울하기도 하고, 여러 감정이 한데 엉켜 눈물이
났습니다.

결혼을 하고 아이가 태어난 순간부터 이상하게 어떤
친구가 어떤 동네의 몇 평짜리 아파트에서 사는지가 먼저
보이더라고요. 경제수준이 행복의 필수 조건이라 생각하지
않았는데, 그 소신이 흔들리기 시작한 거예요. 집 밖을 나가면
잘 갖춰진 놀이터가 아닌 차들이 쌩쌩 다니는 골목길이 나오는
우리 집은 아이에게 안전하지 않은 공간으로 느껴졌으니까요.
혼자서 책도 보고 글도 쓰고 싶은데, 가족을 위한 기본적인
공간을 만들고 나니, 나를 위한 작은 책상 하나 놓을 곳 없는
우리 집이 너무나 작고 답답했거든요. 아이는 쑥쑥 자라는데
집을 사기 위해 돈을 모으는 속도보다 서울 시내 집값 오르는
속도가 훨씬 빨랐고요. 텔레비전 속 연예인 가족들의 삶을

보고 있으면 지금의 내 상황이 더 초라하게 느껴지곤 했죠. 그들의 넓고 깨끗한 집이 눈에 들어왔고, 값비싸 보이는 유모차를 시작으로 아이가 입는 옷, 가지고 노는 장난감, 다니는 교육기관 등 모든 것들이 부모의 능력처럼 여겨졌어요.

아이에게 좋은 것을 주고 싶은 엄마의 마음이 어느새 아이에게 얼마를 쓸 수 있는지를 비교하는 마음으로 변해가는 걸 스스로 인지한다는 건 참 괴로운 일이에요. 내 모습이 아닌 것 같아 혼란스럽고, 내가 진짜 아이에게 주고 싶은 것들이 무엇인지를 자꾸만 잊어버리는 모습이 불편합니다. 그래서 다른 이들의 삶과 내 삶을 비교하지 말자, 내가 갖지 못하는 것들은 결국 돈 때문이라 여기는 마음을 버리자, 마음을 다잡지만 그게 쉽지가 않네요.

서현 작가의 그림책 《커졌다!》는 스스로 나 정말 못났다 싶었던 날 제가 저에게 선물한 그림책이에요. 표지를 보면 커다란 아이가 작은 아이를 바라보고 있어요. 커다란 아이랑 작은 아이가 같은 아이인가 하며 책장을 넘겼는데, 순간 가슴이 먹먹해졌어요. 높은 하이힐을 신은 어른 여자의 다리와, 구두에 멋쟁이 양말까지 챙겨 신은 어른 남자의 다리 사이에

운동화를 신은 작은 아이가 한 명 서 있었거든요. 도토리 같은 얼굴과 일자 눈썹, 있는 힘껏 치켜세운 까치발까지 누가 봐도 귀여운 아이였어요. 그런데 왜인지 아이가 너무 안쓰러웠죠. 그래서 아이를 보고 또 보았습니다.

한참을 바라보다 아이가 안쓰러운 이유를 깨달았어요. 작은 아이가 작아진 나처럼 보였던 거예요. 조금이라도 커 보이려고 발가락에 힘을 잔뜩 준 채 까치발을 들고, 허리까지 꼿꼿이 펴보지만 여전히 너무 작은 나인 것 같았어요.

슬쩍 아이를 쓰다듬어봅니다. 아이는 커지고 싶어 우유를 닥치는 대로 마시고, 거꾸로 매달리고, 몸을 늘리고, 자고, 또 먹어요. 정말 기상천외한 방법으로 얼른 크기 위해 노력을 해요. 그러다 책에서 나무가 자라는 걸 보고는 밖으로 뛰쳐나가죠. 비를 맞기 위해서요. 아이는 신발을 벗어던지고 온몸으로 비를 맞아요.

화면 가득 내리는 비에, 그 비를 온몸으로 맞는 아이 얼굴에 제 마음도 뻥 하고 뚫리는 기분입니다. 어느새 전 점점 커지는 아이를 손뼉을 치며 응원합니다.

"아싸! 커졌다!"

아이가 얼마나 커졌는지 궁금하시죠? 중간 과정은

생략하고 결론만 말하자면 별똥별과 태양과 지구마저
삼켜버릴 정도로 엄청나게 커진답니다. 세상을 삼킨 거예요.
내가 사는 세상을 말이에요. 세상의 중심을 넘어서, 세상의
전부가 되어버린 아이입니다. 그런 뒤에야 아이는 다시 원래의
모습으로 돌아와 아빠의 어깨 위에 사뿐히 내려앉습니다.
무지무지 행복한 얼굴로 말이죠.

정말 깔깔거리며 구석구석 책을 살폈습니다. 하나도
놓치고 싶지 않았거든요. 아이가 커지기 위해 노력하는 모습도,
아이가 점점 몸이 커지며 바라보는 세상도요. 그리고 다시
비가 내리는 장면으로 돌아갑니다. 아이는 여전히 작지만
세상을 모두 감싸 안을 듯 두 팔을 크게 벌리고 서 있습니다.
뿌리를 내리고, 함박웃음을 지은 채 말이죠. 지구를 꿀꺽
삼켜버릴 만큼 커지는 아이의 모습을 이미 보아서일까요.
대리만족을 넘어 카타르시스가 느껴집니다. 쭉쭉 커져라!
자꾸자꾸 커져라! 주문이 저절로 외워지고요.


사실 이 날뿐이겠어요. 아이를 키우며 남과 나를
비교하고, 혹은 다른 집과 우리 집을 비교하며 스스로
초라하다 여긴 순간이 말이에요. 처음에는 다른 집보다 우리

집이 못 산다고 생각해 초라했다가, 나중에는 남들과 비교나 하고 있는 내 모습이 못났구나 싶어 더 많이 초라해지는 순간들은 수없이 찾아옵니다. 부자 엄마라고 그런 순간이 없을까 생각하면 또 그렇지도 않은 것 같아요. 저마다 만족의 기준은 다른 거고, 엄마라는 역할은 그 만족의 기준을 가끔씩 말도 안 되게 높이높이 올려놓곤 하니까요.

앞으로 내 아이가 살아갈 삶을 보다 멋지고 행복하게 만들어주고 싶단 욕심 때문이겠죠. 또 나의 작은 선택 하나하나가 아이의 삶에 큰 영향을 끼친다 생각하는 그 책임감 때문일 거예요. 자꾸만 내가 잘하고 있는 걸까 불안해지고, 그러다 보니 다른 이들의 삶을 엿보고 따라하는 게 아닐까요? 내가 가지고 있던 신념이나 가치들은 일단 접어두고 말이죠.

하지만 그렇게 흔들리는 부모는 아이가 뿌리 내릴 단단한 땅이 되어주지 못하겠다는 생각을 해봅니다. 《커졌다!》 속 아이가 비를 맞는 장면을 다시 한 번 살펴보세요. 전에는 시원한 비를 온몸으로 맞는 아이의 행복한 표정을 만났다면 이번에는 아이의 발끝을 살펴보세요. 혹시 보이시나요? 단단한 땅에 뿌리를 내린 아이의 발이요.

처음에는 쑥쑥 커지는 아이의 모습이 내 모습 같아 참

반갑고 고마웠어요. '그래, 나도 용기 내자. 커져보자. 이렇게
움츠리고만 있을 수 없지.' 싶어서요. 그런데 책을 다시 한 번
보면서 자신의 세계를 향해 쑥쑥 성장하는 내 아이의 모습이
보이기 시작했습니다. 부모라는 대지 위에서 자신이 얼마나
귀한 존재인지 확인하고, 사랑받으며, 더 높이 더 굵게 단단한
나무로 성장하는 아이의 모습이 그려졌습니다. 그런데 땅이
흔들리면 나무가 잘 자랄 수 있을까 싶더군요.

아이의 자존감을 키워주기 위해서는 부모 먼저 자존감을
높여야 한다고 엄마들한테 그렇게 많이 이야기하고 다니면서,
정작 내 모습은 어떠했는지 바라봅니다. 나를 위해서라도,
아이를 위해서라도, 좀 더 단단해지자 싶습니다.


아이를 키우는 동안 어쩌면 저는 또다시 다른 집과 우리
집의 경제 수준을 비교하며 초라함을 느낄지 몰라요. 그러지
말아야지 몇 번이고 다짐하면서도 말이죠. 그리곤 '또 비교하고
있네.' 하며 쓴웃음도 짓겠죠.

그럴 땐 저도 비를 맞으려고요. 더 튼튼히 뿌리를
내리고, 더 굳건히 커나가기 위해서요. 아직은 엄마 나이 네
살에 불과한 어린 나무지만, 저도 언젠가는 작은 바람 정도는

간지럽다 지나보낼 수 있는 튼튼한 나무가 되어 있겠죠.

"비를 맞으니까 자꾸만 자꾸만 커져요."

《커졌다!》중에서

## '자존감'에 대한 생각 더하기

## 《나, 꽃으로 태어났어》

여자들이 모인 곳 어느 곳에서나 영화 <라라랜드> 이야기를 하던 때가
있었어요. 보는 내내 마음이 몰캉몰캉했다는 후기들을 전해 들으며 남편이랑
둘이 데이트하는 기분으로 영화관에 가서 보고 싶다 생각했죠. 하지만 영화가
상영되는 기간 동안 우리에게 둘만의 시간은 허락되지 않았습니다.
시간이 흘러 그런 영화가 있었다는 것도 가물가물할 무렵, 아이가 일찍 잠이 든
날 밤에 남편이 VOD로 <라라랜드>를 보자고 했어요. 비록 영화관은
아니었지만 편안한 우리 집 거실에서 맥주 한 캔 기울이며 보는 것도 나쁘지
않겠다 싶었죠. 기대를 가득 안고, 팝콘 대신 마른안주까지 잘 차려놓은 채

영화를 보기 시작했어요. 그런데 자꾸만 졸음이 밀려왔습니다.

"어, 이러면 안 되는데, 어, 어……."

결국 전 영화를 끝까지 보지 못하고 잠이 들고 말았어요. 다음 날 이럴 수
없다며, 나의 감성이 말라버린 것 같다며, 믿을 수가 없다고 슬퍼했습니다. 그
모습을 보며 남편이 말했죠.

"노력이 필요해."

허허, 노력이라.

"나 그런 거 안 해도 맨날 감성 충만했었거든!"

출산 후 살이 빠지지 않아 더 이상은 몸에 걸칠 수 없게 된 원피스와
미니스커트를 정리하며 슬퍼하고 있을 때에도 남편은 말했습니다.

"노력이 필요해."

변해버린 몸과 마음 때문에 우울해졌습니다. 아이와 남편, 우리 세 식구
깔깔거리며 맛난 음식 먹고, 손잡고 산책하고, 이게 행복이지 하며 하루하루를
살아가다가도, 문득 한 번씩 찾아오는 옛날 옛적 그리움은 어쩔 수 없나 봅니다.
특히 어떤 옷을 입어도 비쭉 튀어나오는 살들과 사진을 찍으면 더욱 도드라지는
턱살은 여자로서의 자존감을 저 아래 바닥 끝까지 끌어내리곤 하죠.
누군가는 빼면 되지 않느냐고 말하겠지만, 이런저런 핑계와 이유로 예전으로
돌아가지 못한 채, 출산 후에도 여전히 아름다운 이웃집 엄마들을 부러워하며
그렇게 하루하루 살과의 전쟁을 치르고 있습니다.

우울한 엄마 기분을 아는지 모르는지 막 잠에서 깬 아이가 배시시 웃으며 가슴을
파고들어요. 그때 아이 눈에 핸드폰이 포착되었습니다. 아이는 자기 사진을

보여주라며 핸드폰을 가리킵니다. 실은 뽀로로 동영상이 보고 싶은 거겠지만,
이제 그 정도 요령은 생겨 일단은 다른 요구사항을 먼저 말합니다.
나란히 앉아 사진들을 넘겨보는데, 참 낯선 여자가 활짝 핀 장미꽃 한가운데에서
상큼하게 웃고 있습니다.
신혼여행 때 찍은 셀프 웨딩 사진 한 장이 아이 사진으로 도배된 핸드폰
사진첩에 끼어 있었죠. 예전에도 사실 그리 미인형은 아니었어요. 그래도 새하얀
드레스를 입고 화사하게 웃고 있는 날씬한 여자가 참 예뻐 보였습니다.
"예뻤네. 휴우~."
한숨이 절로 나오는데, 순간 아이가 믿지 못할 말을 합니다.
"엄마네. 엄마! 엄마 공주님이야? 꽃처럼 예뻐."
"치호야, 정말 엄마로 보여?"
으흐흐흐흐. 새어 나오는 웃음을 참을 수 없었어요.
"오빠! 오빠! 치호가 우리 신혼여행 때 찍은 사진 보고, 나 보고 엄마래!"
"그럼 네가 엄마지 누나니?"
남편의 핀잔도 기분 좋게 넘겨버렸습니다. 아무렴 어떨까요. 꽃처럼 예쁜
엄마라는데.

《나, 꽃으로 태어났어》의 꽃이 된 기분이었어요. 따뜻한 햇살을 받고 따뜻한
기운을 나누며 살아간다는, 알록달록 꽃들과 어우러지면 더욱 아름답게 빛이
난다는 바로 그 고운 꽃 한 송이가 된 것 같았어요.
생각난 김에 아이와 함께 그림책을 펼쳐보았습니다. 플랩을 한 장 한 장 넘길
때마다 꽃들이 피어납니다. 누군가에게 작은 웃음을 주고, 사랑을 전하고,

위로를 하기 위해 꽃이 피어나는 모습이 마치 선물 같습니다.

따스한 햇살 같은 아이 덕분에 알록달록 어여쁜 아이의 말 덕분에, 오늘 하루는 조금 더 예쁜 엄마가 되어야지 싶습니다. 이토록 사랑스런 눈으로 나를 바라봐주는 아이가 있는데 나도 나를 사랑해주어야지 싶습니다. 그리고 예쁜 말, 예쁜 미소, 예쁜 마음으로 예쁜 아이 꽃에게 따뜻한 기운을 주어야지 싶습니다. (무엇보다 오늘도 살은…… 진짜 빼야지 싶습니다.)

키롤 피브 글
도로레 드 몽프레 그림

이주희 옮김

엄마
껌딱지

한솔수북

엄마가 되고 난, ─────── 자꾸만 불안해

《엄마 껌딱지》

엄마의 미안함과 불안함 가득한 표정과 몸짓을
보며 아이는 어떤 감정을 느낄까요?
아이를 불안하고, 화가 나고, 슬프게 하는 건
엄마와 떨어져 있는 시간 때문이 아니라
엄마의 감정이 아이에게도
전해지기 때문이 아닐까 싶어요.

오랜만에 친구에게 전화를 했어요. 간단한 안부 인사를
나누자마자 친구가 의외의 질문을 했어요.

"애착은 어떻게 해야 잘 이루어져?"

"어? 애착? 너처럼 잘하면 되지."

"아니, 요즘 좀 걱정이야. 애가 너무 아무한테나 잘 가.
낯을 안 가려도 너무 안 가려. 내가 주양육자라고 하기엔 애랑
이모님이랑 같이 있는 시간이 너무 많잖아. 나한테 애착이
없어서 엄마를 안 찾나 싶어."

심각하게 생각하지 않고 웃으며 별스럽지 않게
대답했더니 돌아오는 친구의 말은 꽤 진지했습니다. 일하는
엄마인 친구는 갓 돌을 넘긴 아이가 자신과 너무 잘 떨어지는
상황이 내심 서운하기도 하고, 걱정이 된다고도 말했어요.
그러면서 원래 애착이 높은 아이들은 엄마하고 분리되는
상황을 불안해하지 않느냐고 물었죠.

친구는 하루 종일 아이와 함께하진 않지만, 아이와
함께 있는 상황에서 정성을 다해 아이를 보살피고, 아이에게
민감하게 반응하는 엄마였어요. 때문에 저는 애착이 잘
형성되어 있어서 엄마가 다시 돌아올 거란 믿음이 있고,
그래서 네가 없는 상황에서도 안정적으로 잘 지내는 거라

말해주었어요.

"그니까. 걱정을 사서 하지? 엄마와의 애착이 아이한테
제일 중요하다고 하도 말을 많이 들어서 그래. 일에 복귀하고
나니깐 늘 마음이 쓰여. 애한테 미안하고. 그놈의 애착이
뭐기에."

친구의 이야기를 듣고 있자니 자연스레 대학원
발달심리학 수업 시간이 떠올랐어요. 볼비의 애착이론을 서너
시간에 걸쳐 심도 깊게 다뤘는데 생후 3년 동안 이루어지는
엄마와 아이 사이 양질의 애착관계가 아이의 아동기 발달은
물론 성인기 대인관계에까지 큰 영향을 미친다는 이야기였죠.
생후 1년도 안 된 아이를 시어머니에게 맡겨두고 학교에 나와
그런 이론에 대해 공부하자니, 지옥이 따로 없었어요. 수업에
전혀 집중할 수가 없었습니다.

'내가 이 애착이론을 공부해서 뭐해. 지금 내 아이는
할머니 손에 있는데……'라는 생각 때문에 수업 시간 내내
마음이 아팠어요. 모유 수유를 3개월밖에 하지 않은 것도,
6개월 된 아이를 다른 이에게 맡기고 밖에 나와 일을 하는
것도, 당장 아이가 돌이 지나면 다닐 어린이집을 알아보는
것도 모두 아이에게 죄를 짓는 것 같아 힘들었습니다. 그

시간들을 떠올리고 나니 마음 한구석이 무거워지면서, 친구가 무엇을 걱정하는지 충분히 알 것 같았죠. 그래서 통화가 끝날 무렵에 친구에게 한마디를 덧붙였습니다.

"지금도 균형 있게 충분히 잘하고 있어. 꼭 하루 종일 붙어 있어야 좋은 엄마는 아니야. 알고 있지?"

친구를 위로하고 싶은 마음이었지만, 나에게 해주고 싶은 한마디였을지도 모르겠네요. 친구는 물론이지 하며 씩씩한 목소리로 전화를 끊었습니다. 하지만 무거운 마음은 쉽게 사라지지 않을 거예요. 어쩌면 일을 하는 동안은 계속될 수도 있고요. 저 역시 조금 나아지긴 했지만 아이가 엄마와 함께 있겠다고, 어린이집에 안 간다며 떼를 쓸 때면 내가 지금 무엇 때문에 일을 하고 공부를 하는 건지 자괴감에 빠지곤 합니다.

최근의 여러 연구들을 보면 양육의 형태나 양보다는 양육의 질이 훨씬 더 중요하다고 강조해요. 아이를 어린이집에 보내느냐, 베이비시터나 할머니가 봐주느냐, 집에서 엄마와 보내느냐에 의미를 두기보다는 주양육자가 아이에게 얼마나 민감하게 잘 맞춰주는지가 중요하다는 거예요. 또 짧은 시간이라도 온전히 아이에게 집중하고 마음을 다해 상호작용하면 아이와 안정 애착을 형성할 수 있다고 합니다.

엄마 따라 어디든 갈 수도 있고
참 재미있었다!

신나는 음악이야!
엄마랑 함께 춤추니 더 재미있어.

일하는 엄마 입장에선 그나마 위안이 되는 이야기죠.
그런데 안심이 되면서도 한편으론 '알지만 일하고 오면
피곤한데……' 하는 생각도 떠오릅니다. 이러나 저러나
미안하긴 매한가지인 거예요.

《엄마 껌딱지》는 제목을 보는 순간 제목 한 번
끝내준다 싶었어요. 며칠 바쁘다 싶으면 어김없이 밤마다
"엄마, 엄마!"를 불러대던 아이 생각이 났습니다. 제목에서
쉽게 연상할 수 있듯이 엄마에게 딱 붙어 떨어지지 않으려는
한 아이의 이야기입니다. 보드랍고 매끄럽고, 무엇보다 엄마
냄새가 나는 엄마의 치마를 너무 좋아하는 아이는 엄마의 치마
속에서 사는 엉뚱한 상상을 해요. 그럼 엄마와 하루 종일 함께
있고, 어디든 같이 갈 수 있다고 생각해서죠.
　　책을 보며 얼마나 엄마랑 같이 있고 싶으면 이럴까 싶어
아이가 짠했어요. 그러다 사무실에서 일하는 책 속 엄마의
모습을 보니 이 엄마도 아침마다 애 떼어놓고 출근하기 정말
힘들겠구나 싶어 안타까운 한숨이 새어 나왔어요. 이 엄마도
분명 아이에게 많은 사랑을 줄 텐데, 아이에겐 절대적으로
엄마와의 시간이 필요한 것일까 싶었고요.

그런데 이 엄마 저의 안타까운 마음을 가볍게 무시하고 정말 즐겁고 씩씩하게 자신의 삶을 즐깁니다. 늘 웃는 얼굴로 일도 열심히 하고, 파티에 가서 춤도 추고, 칵테일도 한 잔 해요. 그뿐이 아니에요. 한술 더 떠 아이 아빠와 데이트도 즐기죠. 처음에는 살짝 약이 올랐어요.

'치, 프랑스 엄마라서 그래!' 라고 생각했죠. 작가가 프랑스 사람이니 당연히 저 엄마는 프랑스 엄마일 테고, 유럽 사람들은 왠지 육아에 있어서도 자유롭고 독립적일 것 같은 환상이 있잖아요? 그리고 플랩으로 펼쳐볼 수 있는 엄마의 치마 속을 들여다봅니다. 엄마가 혼자만의 시간을 충실히 보내고 있을 때 아이는 어떤 모습일까 궁금해 하면서요.

아이가 7개월쯤 되었을 때, 대학 친구들과 연말 모임이 있었어요. 7명의 삼십 대 중반 여인들이 모이려니 아이를 맡길 곳이 없어서, 회사가 바빠서, 임신 중이어서 등등 갖가지 이유로 약속 날짜를 맞추기가 쉽지 않았습니다. 어렵게 약속을 정하고 드디어 모인 우리들, 이렇게 모인 게 얼마만이냐며 오랜만에 스무 살 대학 신입생 시절로 돌아간 듯 웃고 또 웃으며 와인도 한 잔씩 마셨어요. 그렇게 한두 시간쯤 지났을 때, 한 친구가 먼저 자리에서 일어나겠다고 했어요. 처음으로 아이와 저녁 시간에 떨어져본다는 친구는 내내 휴대폰을 들여다보았고, 결국 11개월 된 아이가 아빠와 단둘이 있는 상황이 부담되었는지 먼저 자리에서 일어났습니다. 친구가 가고 난 뒤 갑자기 '나는 뭐지?' 하는 생각이 들었어요.

'우리 아이는 친구의 아이보다 더 어린데, 나는 일한답시고 종종 시어머니나 남편에게 아이를 맡기는데, 난 모성애가 적은 걸까? 아니면 아이와 떨어져 있는 시간이 길어서 아이에 대한 애착이 부족한 걸까? 아이도 나를 안 찾고 잘 논다는데, 우리 애도 나에 대한 애착이 부족해서 그런가?'

아이에게 미안한 마음이 들어서 친구들과의 만남을 더이상 즐길 수가 없었어요. 대화에 집중할 수도 없었고요. 마음은 《엄마 껌딱지》 속 빨간 치마를 입은 멋진 엄마처럼 내 삶도 즐기고, 아이와도 잘 지내고 싶었어요. 그러나 현실은 어렵게 나온 자리에서도 다른 사람과 내 모습을 비교하며 나는 좋은 엄마가 아니다 자책하고, 아이에 대한 미안함에 사로잡혀 짧은 시간도 즐기지 못하는 못난 엄마였죠.

아이를 갖기 전에는 애착이란 말을 쓸 일도 귀담아 들을 일도 없었는데, 엄마가 되고 나니 '애착'이란 단어를 내 이름 석 자보다 더 자주 듣고 이야기하는 것 같아요. 육아서뿐만 아니라 텔레비전, 광고, 잡지, 아이와 관련된 그 무언가가 조금이라도 노출되는 곳에선 어김없이 '애착'이란 단어가 등장하죠. 그리고 안정 애착을 형성하지 못한 아이가 겪게 되는 분리 불안과 아이의 부정적 감정, 그로 인한 문제 행동까지 모든 것이 엄마의 책임이라 이야기하는 것 같았어요. 애착을 말할 때는 '어린 아이 곁에는 엄마가 꼭 붙어 있어야 한다, 그것도 아주 민감한 상태로'라는 설명이 늘 뒤따랐으니까요. '애착'이라는 단어에 노출되는 횟수가 높아질수록 그것은 더 이상 사랑의 단어가 아닌 일하는 엄마의 미안함과 죄책감을 찌르는 칼이 되어버렸던 거예요.

다시 《엄마 껌딱지》 이야기로 돌아갈게요. 엄마가 자신의 삶을 즐기는 사이, 아이는 어떻게 지낼까요? 궁금증을 안고 엄마의 치마를 들춰보면, 아이는 여전히 엄마의 치마 속에 살고 있어요. 그리고 엄마의 즐거운 기분을 공유하며 그 안에서 즐거운 시간을 보내요. 마치 엄마의 표정과 아이의 표정이 하나로 이어지는 듯한 느낌이 들었습니다. 얼마 후 아이는 친구 한 명을 자신이 살고 있는 엄마의 치마 속으로

초대를 하고, 곧이어 친구와 함께 밖으로 나가 신나게
뛰어놉니다. 그리고 자연스레 엄마 품에서 벗어나 자신의
세계를 더 건강하게 키워 나갈 준비를 해요.

　참 많은 생각을 하게 하는 그림책이었어요. 빨간 치마는
무엇을 의미할까요? 저는 아이와 엄마가 같은 공간에서 딱
붙어 있는 물리적 시간을 뜻하는 게 아니라, 언제 어디서나
아이가 느끼는 정서적 안정감이란 생각이 들더군요. 그리고
그것은 엄마의 감정에서부터 시작되지 않을까 생각했습니다.
아무리 아이와 하루 종일 함께 있다고 해도 엄마가 감정적으로
지치고 우울하다면 혹은 여유가 없고 바쁘다면 아이는
사랑하는 엄마와 함께 있어 행복하다는 느낌을 받을 수 없을
거예요. 아이와 떨어져야 하는 상황에서도 마찬가지겠죠.
엄마의 미안함과 불안함 가득한 표정과 몸짓을 보며 아이는
어떤 감정을 느낄까요? 아이를 불안하고, 화가 나고, 슬프게
하는 건 엄마와 떨어져 있는 시간 때문이 아니라 엄마의
감정이 아이에게도 전해지기 때문이 아닐까 싶어요.

　책을 보는 내내, 밖에 나오면 아이 생각, 집에 있으면
못다 한 일 생각에 전전긍긍하던 내 모습이 떠올랐어요.
아이를 어린이집에 보내며 아침마다 말로는 "엄마랑 잠시

동안만 떨어져 있는 거야. 엄마 금방 올게. 선생님이랑
친구들이랑 재미있게 지내."라고 하지만 표정으로, 마음으로
'엄마가 옆에 없어서 네가 잘못되면 어떡하지?' 하고 말하는
겉과 속이 다른 엄마였죠. 그림책 속 엄마처럼 당장 아이와의
분리를 쿨하게 받아들이고, 내 삶을 즐기는 게 쉽지 않지만
시작이 반이라고 생각했습니다. 그래서 그 다음날 아이를
어린이집에 보내며 전 이렇게 인사했어요.

"엄마랑 떨어져 있는 동안 친구들과 선생님이랑
재미있게 지내. 엄마도 열심히 일하고 즐겁게 지내다가 치호
데리러 올게. 이따 만나."

그리고 왠지 그날 하루는 정말 즐겁게 보내고 싶단
생각이 들었습니다. 프랑스에 살고 있는 멋쟁이 빨간 치마
엄마처럼 말이죠.

어, 새 친구다!
우리 같이 놀래?

《우리는 언제나 다시 만나》

저녁이 가까운 시간, 집에서 조금 먼 거리에서 그림책 작가와 회의가 있는
날이었어요. 동생 집에 아이를 맡기며 물었습니다.
"엄마가 뭐라고 했지? 우리는 언제나?"
"다시 만나!"
어젯밤 읽어준 그림책 덕분에 아이와 씩씩하게 인사를 나누었습니다.

《우리는 언제나 다시 만나》는 요즘 저에게 정말 힘이 되어주는 그림책이에요.
아이가 엄마와 떨어지기 싫어할 때, 혹은 아이와 떨어져야 하는 상황에 엄마가

불안함을 느낄 때 함께 읽으면 좋은 책입니다. 책은 제목처럼 '우리는 언제나 다시 만나'니 아이에게 세상을 마음껏 누비다 힘들 땐 엄마를 찾아오라고 말하죠. 애착에 관한 공부를 하거나, 강의를 할 때마다 늘 집에서 저를 기다리고 있는 아이가 눈에 밟혔습니다. 솔직한 마음으로 '남의 집 아이 애착을 걱정할 때가 아닌데.' 하는 생각을 하기도 했죠. 일을 할 때도 마찬가지였어요. 밖에 오랜 시간 나와 있으면 어김없이 아이가 보고 싶습니다. 아이에게 언제나 우린 다시 만난다는 믿음을 주기 위해 노력하지만, 어쩔 수 없이 살 부비는 시간이 적은 날이면 미안함이 배가 됩니다. 아이와 촉감을 나누고 싶고, 아이의 냄새를 맡고 싶습니다. "엄마." 하는 소리가 듣고 싶고, 작은 입에 먹을거리를 넣어주고 싶습니다. 함께 있을 땐 '좀 떨어져 있고 싶다, 왜 내 시간은 없는 걸까?' 투덜대면서 청개구리 심보가 따로 없습니다.

힘들고 지칠 땐 언제든 돌아갈 엄마 품이 있다고 생각하면, 아이는 더 넓은 세상을 향해 자신 있는 발걸음으로 도전을 떠난다고 합니다. 그게 '안정 애착'이라는데 엄마인 저 역시 아이를 통해 안정 애착을 느끼고 있는 것 같아요.

지친 몸으로 집으로 돌아가면 나를 꼬옥 안아주는,

조금 떨어져 있다가도 다시 만나면 사랑한다 속삭여주는,

엄마가 항상 최고라며 엄지손가락을 치켜세워주는 아이가 있어서

더 열심히, 더 용기 내어 세상을 향해 도전합니다.

아이가 저에게 말합니다.

"엄마, 우리는 언제나 다시 만나!"

작은곰자리 022

# 소피가 화나면,
# 정말 정말 화나면

칼데콧 명예상
샬롯 졸로토 상
제인 애덤스 평화상
수상작

CALDECOTT HONOR · CHAROLOTTE ZOLOTOW · JANE ADDAMS · AWARD ·

몰리 뱅 글·그림 | 박수현 옮김

엄마가 되고 난, ──────── 정말 정말 화가 나

《소피가 화나면, 정말 정말 화나면》

아이의 감정을 잘 살피고, 그 감정을
잘 처리해줘야 한다는 의무감이 '나의 감정'은
늘 뒤로 한 발짝 물러서게 만들었어요.
그러다 보니 미처 알아채지 못한, 혹은
꾹꾹 눌러두었던 감정들이 예상치 못한 순간에
불쑥! 화가 되어 올라오곤 하는 것 같아요.

얼마 전 잘 놀던 아이가 갑자기 짜증을 내기 시작했어요. 뭐가 마음에 안 들었는지 가지고 놀던 장난감을 던져버렸죠.

"치호! 누가 물건을 이렇게 함부로 던져? 누가 이렇게 버릇이 없어!"

아이의 행동이 마음에 들지 않아 앞뒤 상황을 묻지도, 살피지도 않고 다짜고짜 아이를 혼내기 시작했습니다.

"잘못했지?"

"……."

"잘못했다고 해야지! 어서 말해. 다시는 안 그런다고!"

혼내는 엄마 얼굴은 쳐다보지도 않고, 잘못했다 말도 안 하는 녀석이 괘씸했어요.

"똑바로 서! 너, 누가 그렇게 버릇없이 물건을 던져! 잘못한 거야. 어서 잘못했다고 해!"

아이를 억지로 세워놓고 목소리를 높였습니다. 하지만 아이는 끝내 잘못했다 말하지 않고 울기만 할 뿐이었어요. 점점 더 화가 났어요. 아이가 물건을 던져서가 아니라 잘못을 시인하지 않는 태도에 화가 났습니다.

"뚝 그쳐! 어서 잘못했다고 말해!"

끝내 짜증을 내며 소리를 지르고 말았습니다. 순간 내가 왜 이러나 싶었지만, 그보다 아이에게 지기 싫은 마음이 더 컸어요. 왠지 여기에서 밀리면 이도저도 아닐 것 같은 이상한 오기가 생겼죠.

"엄마는 잘못을 인정하지 않는 나쁜 아이와 이야기하고 싶지 않아."

말도 안 되는 말을 해버리고, 아이와 함께 있던 방에서 나와버렸어요. 그러자 끝끝내 고집을 꺾지 않고 울기만 하던 아이가 달려 나와 제 바지를 붙들고 울며 말했습니다.

"엄마 미안해. 엄마 보고 싶어. 엄마 가지마."

순간 가슴이 철렁했어요.

'내가 지금 진짜로 뭘 한 거야? 이건 훈육이 아니라 아이가 괘씸해서 짜증을 낸 거잖아. 아이에게 무슨 상처를 준 거지?' 눈물을 참을 수가 없었습니다.

《소피가 화나면, 정말 정말 화나면》은 아이가 분노나 억울함 같은 감정을 잘 다스릴 줄 알았으면 하는 의도를 이백 퍼센트 가지고, 제가 아이에게 자주 읽어주는 그림책이에요. 그런데 정작 이 그림책이 필요한 사람은 제가 아닌가 싶어요. 부쩍 아이에게 화를 많이 내는 내 모습을 보면서 아이의

감정을 돌봐주기 이전에, 내 감정을 먼저 돌봐야 할 필요성을
아주 절실히 느끼기 때문이에요.

그림책은 소피가 고릴라 인형을 가지고 노는 장면부터
시작돼요. 멀쩡히 잘 가지고 놀던 인형을 언니가 불쑥 나타나
빼앗아가죠. 가뜩이나 화가 나는데, 엄마는 이제 언니 차례라며
오히려 소피를 나무라요.

　　머리끝까지 화가 난 소피는 부글부글 끓어오르는 감정을
있는 그대로 표현해요. 발을 쾅쾅 구르고, 악 소리를 지르죠.
그리고 집을 뛰쳐나와 숲으로 달려갑니다. 뭐든지 닥치는 대로
부숴버리고 싶을 정도이니, 언니와 엄마가 얼마나 꼴보기
싫었을까요? 소피는 심장이 터질듯 있는 힘을 다해 달리고 또
달립니다. 주저앉을 때까지 말이죠.

　　그렇게 온몸 온 마음으로 화를 낸 소피는 잠깐 훌쩍 하고
울고 난 뒤 주변을 둘러봅니다. 그리고 두 팔 벌려 자신을
안아줄 것만 같은 커다랗고 늙은 너도밤나무를 찾아가요.
소피는 망설이지 않고 나무 위로 올라갑니다. 그리고 나무
위에서 넓은 바다를 마주해요.

　　"우아~. 휴우~."

　　책에는 나와 있지 않지만 나무 위에서 바다를 마주한

소피는 자기도 모르게 감탄하며, 크게 숨을 내쉬지 않았을까 상상해요. 저라면 꼭 그랬을 것 같거든요. 소피는 더 이상 화가 나지 않아요. 아니 화가 났다는 걸 잊었을지도 모르겠어요. 소피는 머릿결을 어루만지는 산들바람을 느끼고 일렁이는 물결을 바라봅니다. 그리고 드넓은 세상이 자신을 포근히 감싸줌을 느끼죠. 소피는 천천히 나무에서 내려와 집으로 돌아갑니다. 가족들과 언제나처럼 즐거운 일상을 보냅니다.

아이를 키우면서 가장 공을 들인 부분은 감정표현이었어요. 자신의 감정을 있는 그대로 인정하고 표현할 줄 알면 부정적 감정도 건강하게 대처하고 조절할 수 있다고 생각하기 때문이에요. 아이가 세상을 살아가는 동안 늘 좋은 감정만 느끼고 행복한 일만 가득하면 좋겠지만 그럴 수 없는 게 인생이라는 걸 우린 너무나 잘 알잖아요. 부모가 해결해주지 못하는 많은 시련과 좌절, 그로 인한 스트레스를 아이가 건강하게 이겨내기 위해서는 건강한 감정표현이 꼭 필요하다고 생각했습니다. 또 그래야 다른 이의 감정도 공감하고 배려할 줄 아는 사람으로 성장할 거라 믿었고요.
그래서 아이가 태어나기 전부터 남편에게 아이의

감정을 인정해주고 수용하는 부모가 되자고 늘 이야기했죠. 부모로부터 감정을 있는 그대로 수용 받은 경험은 곧 자기감정 수용으로 이어진다는 걸 잘 알고 있었으니까요. 그런데 이게 참 말처럼 쉽지 않더라고요. 아이의 감정을 바라보기 위해서는 부모 먼저 자신의 감정을 인정하고 조절해야 하는데, 내 감정을 되돌아볼 시간도, 여유도, 엄마의 24시간 안에서는 찾기가 너무 힘들었거든요.

오늘 내가 느낀 감정이 무엇인지, 왜 그런 감정이 들었는지 생각하기보다는 '오늘 아이는 즐겁게 지냈을까?'가 먼저였고, '아이는 왜 그런 행동을 했을까?'가 먼저였어요. 아이의 감정을 잘 살피고, 그 감정을 잘 처리해줘야 한다는 의무감이 '나의 감정'은 늘 뒤로 한 발짝 물러서게 만들었어요. 그러다 보니 미처 알아채지 못한, 혹은 꾹꾹 눌러두었던 감정들이 예상치 못한 순간에 불쑥! 화가 되어 올라오곤 하는 것 같아요.

아이가 말을 하고 스스로 할 수 있는 게 하나둘 늘어나면서 건강하고 성숙하게 감정 표현을 하길 바라는 엄마의 욕심 역시 점점 커져만 갑니다. 아직 자기 마음이 무엇인지도 잘 알지 못하는 어린아이를 붙들고 말이죠.

그러면서 정작 제 자신은 훈육을 핑계 삼아 아이에게 짜증을 내고 화를 참지 못하며 감정조절 하나 못하고 있으니 참 부끄러워요.

아이에게 한바탕 화를 내고 상처를 주고 난 뒤에야 뒤늦은 후회가 밀려왔어요. 아이를 끌어안은 채 펑펑 운 날 밤, 남편에게 고백했습니다. 너무 부족한 엄마인 것 같아 아이에게 미안하다고요. 나는 정작 성장하지 않으면서 아이에게는 너무 많은 것들을 요구하고 있는 것 같다고요. 아이가 갓 세상에 나왔을 때는 '그저 건강하게만 자라다오. 아프지만 말아다오.' 했었는데 그 마음은 어디로 사라진 건지……. 이왕이면 혼자서 흘리지 않고 밥도 잘 먹고, 옷도 잘 입고, 책도 잘 봤으면, 친구에게 양보도 잘하고, 어른들에게 인사도 잘했으면 좋겠다고 생각했습니다. 하나둘 아이에게 원하는 게 늘어가고, 그만큼 잔소리도 늘어난 내 모습이 마음에 들지 않는다고, 아이가 조금 더 자라면 아마 공부도 잘했으면 하지 않을까 겁이 난다고 이야기하자 남편이 말했습니다.

"우리도 부모가 처음이니까. 우리도 이렇게 후회하고 반성하며 성장해가는 거겠지. 이제 부모가 된 지 겨우 4년밖에 안 됐잖아."

남편의 말이 고마웠습니다. 아직 부족한 엄마지만 그나마 다행히도 전 잘못을 금방 시인하고 깨닫는 엄마이니 앞으로 더욱 잘해내리라 마음을 다잡습니다. 아이에게 《소피가 화나면, 정말 정말 화나면》을 읽어줄 게 아니라, 아직 부모 나이 4년차여서 감정조절이 어려운 나에게 그림책을 읽어줘야겠습니다. 그리고 나에게 알려줘야겠어요.

"소피처럼 네 감정을 말로 표현해봐. 감정을 인정하는 거야. 지금 힘들구나. 지금 지쳤구나. 지금 화가 났구나. 그런 감정이 드는 건 부끄러운 게 아니야. 엄마도 지칠 수 있지. 엄마도 짜증이 날 수 있지. 근데 그게 아이 때문일까 한 번 생각해봐. 혹시 인정받고 싶은 거니? 사랑받고 싶은 거니? 쉬고 싶은데 아무도 도와주지 않는다고 생각해 외로운 거니? 한 번 더 생각해보고, 한 번 더 뒤돌아봐. 그리고 이제 숨을 한 번 크게 내쉬어봐."

우리는 누군가의 엄마, 딸, 아내로 보다 나은 사람이 되기 위해 끊임없이 스스로를 다그쳐요. 하지만 그 속에서 '나'로 살아가는 것은 자주 잊어버리죠. 그럴 땐 내 마음속에서 어떤 이야기를 하는지 귀 기울이는 시간이 가끔은 필요한 것 같아요. 소피처럼 달리거나 산책을 해도 좋고, 혼자 카페에서 차를 마셔도 좋아요. 중요한 건 내 감정을 돌보는 시간이 아주 잠깐이라도 필요하다는 거예요.

치료실에서 내담자를 만날 때 어떤 내담자이건 첫날 집에 돌아와 하는 생각은 늘 '그 사람의 진짜 욕구가 무얼까?'입니다. 보통은 첫 회기에 내담자가 치료실에 왜 찾아왔는지 주요 호소 문제에 대해 묻는데, 대부분의 내담자들은 눈에 보이는 현상을 이야기해요. 예를 들면 '자꾸 화가 나요.', '집중을 못하고 산만해요.', '아무 일도 하기 싫어요.' 하는 식으로요. 치료를 진행하면서 그들의 이야기를 하나하나 듣다보면 그들이 그렇게 느끼는 데에는 다 이유가 있더라고요. 그 이유에 한 발짝 다가서고, 그 안에 깔려 있는 자신의 해결되지 않은 욕구를 들여다볼 때, 그리고 그것을 건강하게 채워나갈 때 그들은 위로를 받고 상처받은 마음을 치료합니다.

그런데 정작 내가 왜 화를 내고 있는지 그 밑바탕의 감정에는 다가가지 못했건 것 같아요. 결혼을 하고 많은 역할들이 주어지면서 저는 누군가의 엄마, 아내, 며느리,

딸 등으로 보다 나은 혹은 좋은 사람이 되기 위해 끊임없이 스스로를 다그쳤습니다. 그리고 그 속에서 '나'로 살아가는 것을 자주 잊어버렸던 것 같습니다. 남들이 날 어떤 엄마로 볼까, 어떤 며느리로 볼까가 뭐 그리 중요하다고……. 남편이나 아이에게 짜증을 내거나 화를 낼 때는 사실 알고 있습니다. 내가 진짜 하고 싶은 말이나 원하는 것을 이야기하지 못하고 남들의 시선 때문에 좋은 누군가가 되고 싶어 속마음과 다른 말과 행동을 한다는 걸요. 그리고 그게 억울해서 자꾸만 화가 난다는 것도요.

　이제는 내 마음속에서 어떤 이야기를 하는지 좀 더 자세히 귀 기울이고 싶어요. 엄마의 삶에서 혼자만의 시간을 온전히 즐기는 건 분명 불가능하겠지만 그래도 정말 정말 화가 나는 날에는 어떻게든 시간을 내봐야겠어요. 슈퍼 다녀온다고 잠깐 집을 나와 가까운 길 대신 먼 길로 돌고 돌며 걷기라도 하면서요. 걷다 한숨 나오면 크게 내쉬고, 눈물이 흐르면 슬쩍 울지요 뭐. 그렇게 내 감정을 돌보는 시간을 아주 잠깐이라도 마련해야겠다고 다짐합니다.

## '감정조절'에 대한 생각 더하기

### 《엄마를 산책 시키는 방법》

"나는 엄마를 산책 시키길 좋아해요."

《엄마를 산책 시키는 방법》 중에서

참 귀여운 아이입니다. 산책은 엄마에게 좋은 거여서 엄마를 산책 시켜야 한답니다. 엄마가 산책을 하면서 숨도 쉬고, 바람도 쐬고, 몸도 움직여야지 안 그러면 스트레스가 쌓인다나요? 아이는 엄마를 산책시키기 위해 간식을 챙기고, 엄마가 화장실에 다녀왔는지 확인을 하죠. 엄마의 옷차림도 점검하고, 길에서 엄마를 잃어버리지 않기 위해 잠시도 눈을 떼지 않죠. 아이는 산더미 같은 일을 한꺼번에 처리하는 엄마가 행복해지기 위해서는 산책이 꼭 필요하다고 생각해요. 저도 아이와 같은 마음이에요. 그리고 철학자 루소도 같은 마음이었나 봐요. 《엄마를 산책 시키는 방법》의 뒷표지에는 편안하게 걷다가 마음 내킬 때 멈춰 서는 것을 좋아하고, 날씨가 좋을 때 서두르지 않고 아름다운 동네를 걷는 것을 좋아하고, 다 걷고 나서 유쾌한 대상을 만나는 것, 그것이 자신의 취향이고 가장 자신에게 잘 맞는 방식이라는 루소의 말이 적혀 있어요.

이 책과 참 잘 어울리는 말이라고 생각해요. 그리고 엄마 감정을 조절하는 데 참 잘 어울리는 방식이라고 생각해요. 아이의 감정에 귀 기울이고 집중하다보면 내 감정을 들여다볼 타이밍을 놓치는 경우가 많잖아요. 그리고 아이의 감정을 안아주려고 노력하다보면, 내 감정은 누르고 참고, 누르고 참고, 그러다 결국 으악! 하고 폭발하는 경우가 다반사죠. 그러고 나서는 또 내가 왜 그랬을까 자책하고요.

엄마의 정신 건강을 생각하는 든든한 아들의 속 깊은 생각을 읽으며, 이런 이야기를 읽는 것도 엄마가 행복해지는 참 쉬운 방법이라 생각했어요. 우리 아들도 이렇게 컸으면 좋겠다고 욕심만 내지 않는다면요. 아니 욕심까진 부릴 수 있겠지만, 그렇지 않다고 해서 실망하거나 아이를 혼내지만 않는다면요.

# 혼자 오니?

정순희 그림 | 김하늘 글

사□계절

엄마가 되고 난,⎯⎯⎯⎯⎯ 의심이 늘었어

《혼자 오니?》

24시간 내내 아이를 끼고 살 수도 없고,
아이가 가는 모든 곳을 동행할 수도 없습니다.
아이는 아이대로 저는 저대로
서로의 시간이 생겨날 거고,
떨어져 지내는 시간이 점점 늘어나겠죠.

"19개월 남자아이인데요. 상담을 하고 싶어서요."

"네, 어머니. 언제든 오세요."

미루고 미루다 집 근처 어린이집에 전화를 걸었어요. 아이가 돌이 될 즈음부터 어린이집을 보내야 하지 않을까 고민만 하다가 등 떠밀리듯 내린 결정이었어요. 오전엔 아이를 보고, 오후에 시어머니에게 3~4시간 정도 아이를 맡기고 일을 하다 보니 도저히 맡은 업무량을 소화할 수가 없었거든요.

'너무 이른 시기에 아이를 어린이집에 보내는 건 아닐까? 아이가 어린이집에 간다고 내가 얼마나 많은 일을 할 수 있을까? 아직 말도 서툰데…… 좋은 선생님을 만나야 할텐데…….' 의문과 걱정이 밀린 일만큼 무거운 무게로 마음 한구석을 짓눌렀지만, 그런 마음보다 당장 아이가 다닐 수 있는 자리가 있다는 사실이 더욱 크게 다가왔죠.

'그래, 다니고 싶어도 자리가 없어 못 다니는 게 어린이집이라는데, 대기하다가 진짜 꼭 필요한 시기에 못 다닐 수도 있어. 어머니도 편하실 거야. 원장 선생님도 좋아 보이던데. 어린이집 뒤에 공원도 있으니, 산책도 자주 시켜주시겠지. 친구들하고 어울리면 집에서 나랑만 있는 것보다 치호도 더 즐거울 거야.' 마음속으로 아이를 어린이집에 보내야 하는 이유를 찾고 또 찾으며 나를 안심시켰어요.

그런데 아이의 어린이집 생활은 생각만큼 수월하지 않았어요.
아이는 선생님의 손에 이끌려 어린이집으로 들어가는
순간부터 울어댔고, 전 어린이집 문 밖에서 한참 동안
서성이며 아이의 울음이 끝나기를 기다려야 했죠. 당장이라도
초인종을 누르고 다시 들어가 아이를 데리고 나와야 하는 게
아닐까 수십 번을 망설이고 망설이다, 겨우 울음이 멈춘 걸
확인하고 무거운 발걸음을 돌리는 날들이 계속되었습니다.
밤마다 자는 아이를 바라보며 남편과 이렇게 어린이집에
적응을 시키는 게 옳은 일이지 서로에게 물었죠. 유난히
아이의 울음소리가 크게 들리는 날이면 내가 너무 모진 엄마가
아닐까 하는 마음이 송곳이 되어 마음을 쑤셔대곤 했어요.

그렇게 두 달여 시간이 흐르자, 어느덧 아이도 저도
조금씩 우리의 반나절 헤어짐을 받아들이기 시작했어요.
아이는 더 이상 울지 않았고, 아이의 귀가 시간 역시
12시에서 1시로 2시로 마침내 4시까지 점점 길어지게 되었죠.
아침 10시부터 오후 4시까지 총 6시간의 혼자만의 시간이
주어졌어요. 시어머니께서 아이 픽업을 도와주시는 날이면
저녁 6시까지 8시간의 시간이 보장되었습니다. 처음엔 솔직히

'자유다!' 싶었어요. 책도 볼 수 있을 줄 알았고요. 혼자서
가끔은 영화도 보고, 운동도 할 수 있을 것 같았어요. 그런
여유가 일의 능률 역시 올려줄 것이라 생각했어요.

그런데 당황스럽게도 전 아무것도 할 수 없었습니다.
소설 한 권을 펼쳤다가도 이내 두 돌도 안 된 아이를
어린이집에 보내놓고 이러면 안 되지 싶어 편집하고 있는
책의 교정지를 펼쳤어요. 영화관 가기, 운동하기, 친구 만나기
모두 아이에 대한 미안한 마음으로 해서는 안 되는 일처럼
느껴졌죠. '어린아이를 떼어놓았으니 괜히 쉬지 말고 얼른
일이나 끝내야지.' 그러면 아이에게 덜 미안하지 않을까
생각했어요. 그런 마음으로 일을 하니, 일이 잘될 리가
없었어요. 아이가 오늘은 울지 않았을까? 밥은 잘 먹었을까?
낮잠은 잘 잤을까? 혹시 낮잠 안 잔다고 떼써서 미움 받진
않았을까? 걱정이 꼬리에 꼬리를 물었고, 일에 집중할 수
없었어요. 일주일 만에 끝내야 하는 교정을 한 달이 다
되어가도록 마무리하지 못하고, 겨우 마무리한 교정지에는
오타가 수두룩하게 나오는 실수가 계속되었습니다.

《혼자 오니?》는 경이가 처음으로 혼자서 집에 가는

도전을 그린 책이에요. 경이는 앙증맞은 키와 오동통한 볼을 보아 서너 살쯤 되어 보여요. 경이를 보자마자 우리 집 아이가 생각나 얼른 품에 안은 책이죠. 늘 형과 함께 돌아오던 길을 혼자 걸으며, 형이 하던 행동을 흉내 내는 아이의 모습이 어찌나 사랑스럽던지. 아이의 눈망울과 손끝 발끝에는 두려움과 조심스러움이 가득해요. 하지만 형처럼 소의 등을 만져보고, 개울물을 건너보고, 민들레 꽃씨를 불어보고, 찔레 순을 똑 따보면서 설렘 역시 숨길 수 없어요. 한 장 한 장 담겨진 봄 풍경 역시 아이의 첫 도전에 대한 설렘을 함께 담고 있어요.

처음 《혼자 오니?》를 보았을 때는 경이의 매력에 푹 빠졌어요. 형이 뱀 나온다 말했던 대나무 숲을 지나며 잔뜩 겁이 나지만 "흥, 나올 테면 나와 보라지." 하곤 발바닥에 힘을 꽉 주고, 뒤꽁무니 빠지게 달리는 경이의 뒷모습을 보며 어찌나 귀엽고 대견하던지. 당장이라도 달려가 경이를 꼬옥 안아주고 싶었죠. 그리고 혼자서 집으로 무사히 돌아온 경이를 보며 안심이 되었어요. 아이의 첫 도전이 성공했음에 큰 박수를 보내주고 싶었어요.

그림책 속 또래 아이의 대단한 도전기는 아이에게도 큰

자극이 되는 것 같았습니다. 그림책을 함께 읽는 내내, 자기도 민들레 꽃씨를 후후 불 수 있다고 이야기하고, 폴짝 뛸 수 있다며 소파 위에서 점프를 해보였어요. 마치 자신이 경이인 것처럼 말이죠. 저 역시 경이가 내 아이처럼 느껴졌어요. 내 아이도 경이처럼 혼자 할 수 있는 것들이 점점 늘어가겠지. 혼자서 길을 걷고, 두려움을 이겨내고, 주변의 풍경을 즐기며 도전의 설렘과 성취감을 양분 삼아 그렇게 성장하겠지.

그때 아이가 말했어요.

"엄마, 형아가 친구 지켜줘?"

아이는 수풀에 숨어 빼꼼 고개를 내밀고는 개울물을 건너는 동생을 몰래 바라보는 형의 모습을 가리켰어요. 전 그림 속 경이처럼 미처 보지 못했었는데, 아이는 용케도 형을 찾았던 거예요.

"진짜네. 형이 숨어 있네. 혹시나 친구가 혼자 가다 다치거나 위험하면 짠 하고 나타나서 지켜줄 건가봐."

"엄마도 치호 지켜주잖아."

"그럼 당연하지. 엄마가 지켜주지!"

"할머니도 치호 지켜줘. 선생님도 치호 지켜줘. 또 부여 할머니랑 이모랑 아빠랑……."

정말 예상하지 못했던 대화였어요. 제 눈엔 경이만
보였거든요. 그리고 제 아이의 성장만 생각했던것 같아요.
아이와 생각지도 못했던 이야기를 나누고 나니 그림책을
천천히 다시 보고 싶어졌습니다.

처음엔 무척 기뻤습니다. 지켜준다는 그 말이. 아이가
저를 포함한 주변의 어른들을 자신의 보호자로 충분히
인식하고 있다는 사실이 말이죠. 그러다 곧 아이의 어린이집
선생님께 죄송한 마음이 밀려왔어요.
　사실 아이를 어린이집에 보낸 순간부터 마음 한구석이
늘 불안했어요. 아이가 내 눈에 보이는 곳에 있어야 하고,
내 눈으로 아이를 끊임없이 확인해야 아이가 안전하다고
생각했기 때문이에요. 잊을 만하면 보도되는 어린이집 학대
사건을 접하면서 우리에겐 그런 일이 절대 일어나지 않을 거라
믿었지만 한편으로는 혹시 내가 보이지 않는 곳에서 아이가
위험에 빠지면 어떡하지 하는 걱정이 늘 있었어요. 그리고
그런 찜찜한 마음으로 아이를 어린이집에 보내야 하는 상황이
괴로웠습니다. 내가 너무 이기적이고 모성애가 적어서 아이를
어린이집에 일찍 보내는 것 같았죠. 그래서 더 예민했던 것

같아요. 아이의 울음소리를 어린이집 현관 밖에서 들으며 혹시나 하는 마음을 갖기도 했으니까요. 흔들리는 엄마의 눈빛을 분명 아이도 알고 있었을 거예요. '엄마가 불안해하고 있구나. 엄마가 이곳을 신뢰하고 있지 않구나.' 하고 말이죠.

다행히 아이는 제가 그런 의심을 조금이라도 품었던 사실이 너무나 죄송스러울 만큼 좋은 선생님을 만나 자신만의 속도대로 천천히 마음을 열어갔습니다. 그리고 안정된 환경 속에서 혼자 할 수 있는 것들이 점점 늘어갔죠. 저 역시 그런 아이를 바라보며 어린이집에 대한 안정감과 신뢰감이 점점 쌓이기 시작했습니다. 또 아이와 분리되는 연습을 조금씩 해나갔습니다.

흔히 한 아이를 키우려면 온 마을이 필요하다고들 하죠. 앞으로도 아이가 성장하는 과정에서 전 많은 사람들의 도움을 받겠죠. 가까이는 시어머니와 친정 엄마, 여동생의 도움이 필요할 거고, 많은 선생님들에게도 신세를 져야 할 거예요. 때로는 아이의 친구에게, 아이 친구의 엄마들에게 부탁을 하는 날도 있겠죠. 24시간 내내 아이를 끼고 살 수도 없고, 아이가 가는 모든 곳을 동행할 수도 없습니다. 아이는 아이대로 저는 저대로 서로의 시간이 생겨날 거고, 떨어져 지내는 시간이

점점 늘어나겠죠. 그 과정 속에서 나뿐만 아니라 다른 사람도
내 아이를 보호해주고 있다는 사실을 제가 조금은 편하게
받아들였으면 좋겠습니다. 의심하지 않고, 불안해하지 않으며
감사하는 마음으로 아이를 키우고 싶습니다.

얼마 전 이사를 하게 되면서 부득이하게 아이의
어린이집을 옮겨야 했어요. 아이가 다니게 될 새로운 어린이집
원장님과 상담을 하며 이야기했습니다.

"제가 불안하지 않았으면 좋겠어요. 원장님을 신뢰하고,
이 공간을 저 역시 편안하게 받아들였으면 좋겠어요."

그런 마음에서 시작되어서인지, 처음 아이를 기관에
보낼 때보다 한결 마음이 편안했습니다. 아이 역시 새 공간,
새 선생님을 금세 편안하게 받아들였습니다. 혼자보다는
의지하고 신뢰할 수 있는 고마운 선생님과 아이를 함께 키우니
더욱 힘이 납니다. 아이와 저에게 서로 신뢰하고, 감사할
고마운 인연이 계속되길 바라고 또 바랍니다. 그 인연 속에서
아이가 건강하고 안전하게 잘 자라길 바라고요.

## 《우리 엄마》

"할머니다!"

앤서니 브라운의 《우리 엄마》 표지를 보자마자, 아이는 할머니를 외쳤습니다. '우리 엄마'라는 제목을 아직 읽을 줄 모르는 아이 눈에는 까꿍 하며 미소 짓고 있는 엄마가 자신의 할머니처럼 보였나 봅니다. 이왕 할머니라고 말한 거, 우리 엄마를 우리 할머니로 바꾸어 책을 읽어주었습니다.

아이는 정말 멋진 할머니의 모습을 하나하나 살펴보며, 할머니 최고를 연발했죠. 시어머니는 아이가 백일이 될 무렵부터, 육아를 도와주셨습니다. 저 대신 아이 밥을 챙겨주셨고, 아이와 놀이터에 가주셨죠. 저에게 혼이 나 잔뜩 풀죽어 있는

아이를 안아주셨고, 저 몰래 아이에게 아이스크림을 사주기도 하셨어요. 그리고
저보다 더 많이 더 오래 아이를 업어주셨죠.
처음에는 주양육자가 두 명인 것 같아서 불안했어요. 엄마와 할머니 사이에서
아이가 혼돈을 느끼면 어떡하나 걱정이 되었고, 주 양육자로서의 위치가
흔들리는 것 같아 속상하기도 했죠.
그런데 아이가 할머니와의 추억을 하나둘 집에 와 꺼내놓기 시작하면서
불안하고 속상했던 마음이 서서히 사라졌어요. 엄마 아빠가 해줄 수 없는 무한한
수용을 할머니가 아이에게 해주고 있다는 걸 알게 되었거든요.

자신의 작은 행동 하나하나를 누구보다 자랑스럽게 여겨주고
귀여워해주는 사람이 있다는 게,
자신의 작은 요구 하나하나를 섬세하게 살펴보고
들어주고자 노력하는 사람이 있다는 게,
무엇보다 70여 년이나 더 많은 세월을 살며 보고 듣고 느낀 지혜를
하나하나 꼼꼼히 물려줄 사람이 있다는 게
아이에게 얼마나 큰 행운인지 생각해보았어요.
아이와 어머니가 함께할 날들이 아주 길지는 않겠죠.
어쩌면 어머니는 저보다 긴 시간 아이 곁에 있을 수 없기에
농축된 사랑을 아이에게 쏟아주시는 게 아닌가 싶어요.
아이에게 할머니가 있다는 게 얼마나 큰 사랑인지,
아이를 바라보는 어머니의 눈을 보며 생각합니다.

Friedrich Karl Waechter

# 우리가 바꿀 수 있어

프리드리히 카를 베히터 글·그림 | 김경연 옮김

엄마가 되고 난, ——————— 어린 나를 만났어

《우리가 바꿀 수 있어》

하랄트와 잉게와 필립이 친구가 되는 과정에서
부모의 역할은 전혀 없어요.
오히려 다른 환경을 가진 아이의 친구를
이상한 시선으로 바라보죠.
경계를 만드는 건 어른들의 주특기인가 봅니다.

두 달여의 적응 기간이 지나고 아이는 안정적으로 어린이집을 다니기 시작했어요. 1년이 넘는 시간 동안 정말 잘 지냈습니다. 그런데 어느 날 갑자기, 마른하늘에 날벼락처럼 어린이집에 가지 않겠다고 울고불고 떼를 쓰기 시작했습니다. 금방 지나가겠지 했는데 벌써 한 달째 아침마다 전쟁을 치르고 있으니 속이 말이 아니었어요.

현관 앞에 주저앉아 "싫어! 싫어!" 소리를 질러대며 눈물을 뚝뚝 흘리는 아이를 달래다 보면 감정 소모가 극에 달했습니다. 달래고 달래다 짜증이 나서 소리를 빽 지르는 날도 있고, "엄마랑 있을래. 집이 좋아."라는 아이를 품에 안고 미안하다, 미안하다 수없이 되뇌던 날도 있었죠. 새로 시작한 일 때문에 집에 늦게 들어오는 날도 많고, 아이와의 놀이도 뜸하다 보니 더 떼를 쓰나 싶어 괜히 마음이 쓰였습니다. 그러던 어느 날 아이가 뜻밖의 이야기를 했습니다.

"어린이집 안 갈래. 친구들 무서워. 무서워서 가기 싫어."

한두 번이 아니라 일주일 이상 지속적으로 일관되게 아이가 같은 말을 반복하자 예삿일이 아니구나 싶었습니다. 혹시 조금 거친 친구가 새로 들어온 것은 아닌지, 아이가 어린이집에서 친구들과 싸움을 하는 건 아닌지, 아직 네

살밖에 안 된 아이지만 친구들과 잘 어울리지 못하는 기질은 아닌지, 이 생각 저 생각이 들더라고요.

아이의 친구 문제는 늘 마음이 쓰이는 부분이에요. 엄마가 대신 친구를 사겨줄 수도 없고, 마음대로 뜻대로 안 되는 부분이니까요. 내 아이가 친구들에게 인기도 많고, 어렸을 때부터 서로에게 힘이 되어주는 평생지기 친구가 있으면 좋겠다는 바람이야 어느 부모나 마찬가지겠죠. 그런데 전 유독 내가 이 문제에 민감하구나 생각하곤 해요. 그건 아마도 나의 어린 시절이 투영되어서일 거예요.

아이를 키우면서 종종 잊고 지냈던 어린 시절 나를 만나곤 합니다. 나는 어떤 아이였나, 당시 나는 무슨 생각을 했던가, 무엇이 즐겁고, 무엇이 궁금했었나 생각해보게 돼요. 때로는 전혀 예상하지 못했던 아픔을 떠올리기도 하죠. 어린 시절 저는 싫고 좋은 게 너무 분명한 탓에 친구 관계에서 종종 문제를 겪곤 했어요. 저를 좋아하는 친구와 저를 싫어하는 친구가 늘 분명히 나뉘었죠. 어쩌면 제가 그렇게 친구를 나누었는지도 모르겠네요. 심각한 상황은 아니었지만 왕따를 경험하기도 했고 그러면서 두루두루 누구에게나 사랑받는 아이가 되고 싶다는 바람이 있었던 것 같아요. 그리고 이제는 나의 아이가 그러했으면 하는 생각을 하고요.

어린이집에 가기 싫다고 울고불고 하는 아이를 등
떠밀듯 보내는 게 마음에 걸려서 결국 그냥 집에 있기로
했습니다. 마감을 훌쩍 넘긴 일거리가 있어 마음이 불편했지만
아이의 마음을 모르는 척할 수 없었어요. 어차피 무거운 마음
아이와 집에서 시간을 보내기로 했죠.

하지만 이내 밀린 집안일이 자꾸만 눈에 들어왔습니다.
아이의 반복되는 질문에 대답을 하다 보니 저도 모르게
텔레비전을 켜고 싶고, 누워서 좀 쉬고 싶어졌어요. 아이는
건성건성 대답하는 엄마의 눈치를 살피다가 거실 한구석에서
혼자 놀이를 하기 시작했습니다.

하지만 그것도 잠시, 아이는 이내 혼자 노는 건
심심하다며 칭얼대기 시작했어요. 이럴 때 부담 없이 집으로
초대해 아이와 함께 놀 동네 친구가 있다면 얼마나 좋을까
싶었어요. '동네 놀이터에서 삼삼오오 모여 있던 엄마들과 좀
알고 지냈으면 얼마나 좋았을까?' 하고요. 아이 엄마들에게
먼저 다가가서 편안하게 어울리지 못하는 제 성격 탓에 아이가
동네 친구 하나 없는 것 같아 미안한 마음마저 들었습니다.

《우리가 바꿀 수 있어》는 왜 연못에는 아이들이 없냐고 묻는 꼬마 물고기 하랄트, 왜 농장에는 아이들이 없냐고 묻는 꼬마 돼지 잉게, 왜 숲에는 아이들이 없냐고 묻는 꼬마 새 필립이 친구가 되는 이야기예요. 세 꼬마들은 엄마 아빠의 자상한 보살핌과 주변 어른들의 관심을 받으며 살고 있어요. 다양한 놀이법도 많이 알고 있고요. 하지만 함께 놀 형제나 또래 친구가 없습니다. 세 꼬마는 언제나 심심하고 외로움을 느껴요.

그러던 어느 날 꼬마 물고기 하랄트가 헤엄을 치려다가 실패한 꼬마 새 필립을 발견합니다. 하랄트는 필립에게 수영하는 법을 가르쳐줘요. 그 모습을 멀리서 본 꼬마 돼지 잉게가 잽싸게 필립과 하랄트에게 다가가요. 그러곤 한 치의 망설임도 없이 말하죠.

"난 잉게야. 같이 놀고 싶어."

그렇게 세 꼬마는 친구가 됩니다. 세 꼬마의 놀이는 놀라움 그 자체입니다. 걷지 못하는 물고기를 돼지와 새가 부축하여 걷는 것을 돕고, 헤엄치지 못하는 새를 물고기와 돼지가 등에 태워 물을 가로지르죠. 세 꼬마는 함께할 수 있는 놀이를 찾으며 깊은 우정을 쌓아갑니다.

그럼 하랄트와 잉게 그리고 필립의 부모님들은 아이들의 친구를 어떻게 보았을까요? 처음엔 우스꽝스럽고, 희한하고, 괴상하다 했죠. 하지만 시간이 지날수록 하랄트가 느긋해진 게, 잉게가 상냥해진 게, 필립이 명랑해진 게 혹시 그 우스꽝스럽고, 희한하고, 괴상한 친구들 덕분은 아닐까 생각했답니다.

어른의 눈으로 보자면 물고기와 돼지와 새가 친구가 되어 함께 논다는 게 말도 안 되는 어처구니없는 상황이지만 아이들은 서로의 부족함을 채워주며 상상력을 발휘하고 함께 노는 법을 스스로 만들어가요. 거기에 책을 읽는 아이들까지 자신들의 놀이에 초대를 하는 재미있는 구성도 들어 있고요. 이 책을 번역한 김경연 님은 이 아이들을 '경계를 허무는 아이들'이라고 표현하더군요. 서로의 경계를 허문 세 꼬마는 서로를 배려하며 진짜 좋은 친구가 되어주고, 함께 성장을 합니다. 그 과정에서 부모의 역할은 전혀 없어요. 오히려 다른 환경을 가진 아이의 친구를 이상한 시선으로 바라보죠. 경계를 만드는 건 어른들의 주특기인가 봅니다.

어린이집 선생님에게 아이가 친구들을 무섭다고

표현해서 걱정이 된다고 조심스레 말씀을 드렸습니다.
선생님은 반에 남자아이들이 많아지면서 이전에는 아이들끼리
역할 놀이를 많이 했는데 요즘은 신체 놀이를 많이 한다고
이야기해주셨어요. 아마 그래서 아이가 불편함을 느낀 것
같다고 하셨죠. 하지만 적극적이진 않지만 놀이에는 참여하고
있으니 조금 더 지켜보면 좋겠다는 의견을 주셨습니다. 그리고
얼마 후 아이는 언제 그랬냐는 듯 친구들이 너무 재미있다고
이야기하기 시작했어요.
　"오늘은 놀이터에서 뛰어놀았어요. 블록을 이만큼 높이
쌓았어요. 무궁화 꽃이 피었습니다를 했어요."
　집에 돌아오면 조잘대며 그날의 놀이를 이야기했어요.
반이 바뀌고, 새로운 친구가 들어오면서 아이 역시 적응해가는
시간이 필요했었나 봅니다. 아이는 새로운 친구들과 새로운
놀이를 하며 탐색하고, 관계를 맺으며 성장하고 있었던
거죠. 그런데 그 탐색 과정을 몰랐던 엄마가 "누가 무서워?
친구가 무섭게 했어? 친구가 치호 아프게 했어?" 하며
물어댔으니……. 새로운 관계를 맺는 건 무섭고 두려운
일이라고 아이를 몰아세운 게 아니었는지, 친구를 잠재적 위험
존재로 만들어버린 건 아니었나 싶더군요. 저 역시 경계를

만든 어른이었던 거죠. 그리고 아이보다 더 어린아이 같았던
어른답지 못한 어른이었습니다.

하지만 다행히 그림책 속 아이들도, 우리 집 아이도
자기만의 방법으로 친구를 알아보고, 친구에게 다가가는
멋진 아이들입니다. 아이 곁에 하랄트와 잉게 그리고 필립
같은 친구가 있었으면 좋겠습니다. 또 내 아이가 누군가에게
하랄트와 잉게 그리고 필립 같은 친구가 되어주면 좋겠습니다.
청년이 되어서 함께 배낭여행도 다니고, 미팅도 하고, 일탈도
꿈꾸겠죠. 부모에게 말하지 못할 고민을 나누고, 어른이
되어서는 함께 술 한 잔 기울이며 인생의 희로애락을 나눌
거예요.

그럼 아이가 참 재미있는 인생을 살지 않을까
상상합니다. 그 상상만으로도 마음이 따뜻해지고, 내 아이 곁에
있을 친구에게 한없이 고마워져요. 아이를 키우며 아이였던
나를 만난다는 건 상처받았던 어린 나를 안아줄 수 있는
기회가 되는 것 같습니다. 그렇게 미처 다 자라지 못했던 어린
나도 성장을 합니다.

《3초 다이빙》

어른들은 당연히 어른이 아이를 가르쳐야 한다고 생각합니다. 부모가 되면 그
생각은 절대적이 되죠. 좋은 사람이 되려면 이렇게 해야 한다고 끊임없이 아이를
가르치고, 가르치고, 또 가르칩니다. 하지만 아이를 키우다 보면 종종 나도
모르게 이렇게 말하곤 해요.
"그래, 엄마가 너한테 배우네."
어른이 되는 과정에서 당연하게 잃어버린 순수함.
순수한 아이의 눈으로 바라보는 세상은 순수함을 잃어버린 어른들에게 깊은
울림을 주는 것 같아요.

순수한 눈으로 친구를 바라보는 한 명의 아이가 있습니다. 바로 정진호 작가의 그림책《3초 다이빙》에 등장하는 아이입니다. 이름을 불러주고 싶은데, 이름이 등장하지 않아 그냥 아이라고 해야 할 것 같아요.

수영복을 입은 아이는 계단을 오르면 말합니다. 자신은 잘하는 게 없는 것 같다고요. 달리기에서 1등을 해본 적도 없고, 다른 사람들도 자신을 향해 느리다고 말한다고요. 밥도 늦게 먹고, 수학도 잘 못하고, 태권도도 못하는 아이는 계단을 오르고 또 올라 다이빙대 앞에 서서 이야기합니다. 나는 이기고 싶지 않다고요. 왜냐하면 누군가는 꼭 져야 하니까요. 그리고 아이는 하나, 둘, 셋! 친구들과 함께 다이빙을 합니다. 3초면 다함께 웃을 수 있는 다이빙을요. 책을 읽는 내내 이 멋진 아이가 정말 마음에 들었어요. 친구를 이겨야 하는 경쟁자로 바라보는 어른들의 시선을 가볍게 무시해주는 이 멋진 아이가 나의 아이였으면 하는 욕심도 생깁니다.

어쩌면 모두가 잘해라, 이겨라, 앞서가라 이야기하는 초! 초! 초! 무한 경쟁 사회에서 이 아이는 많은 상처를 받을지도 몰라요. 하지만 이 아이 곁에는 항상 함께 웃어주고, 울어주는 그리고 함께 뛰어주는 멋진 친구들이 있을 거라 굳게 믿습니다.

## 《이렇게 멋진 날》

그림책에서건 일상에서건 아이들 여럿이 해맑게 웃으며 신나게 뛰어 노는
모습은 바라보고 있는 것만으로도 행복해집니다. 그 안에 내 아이가 있다면 그
행복이 더욱 커지는 건 말하지 않아도 당연한 사실이고요.
이수지 작가의 《이렇게 멋진 날》은 비가 오는 날 아이들이 밖으로 나가 춤을
추고 노래하는 모습이 정말 춤추고 노래하듯 리듬감 있게 펼쳐져요. 비와 함께
폴짝폴짝 뛰어다니던 아이들은 비가 그치고 빛나는 햇살이 나오자 바람을 타고
미끄럼도 타고 손뼉을 치며 정말 멋지게 즐깁니다.

바라만 보고 있어도 행복합니다.
아이들이 서로를 마주보고, 함께 춤을 추고, 노래를 하는 모습이 정말정말
예쁩니다. '이런 게 아이지, 이런 게 행복이지.' 싶어져요.

빗속의 아이들을 보고 있자니, 대학 신입생 때 추억이 떠올랐습니다. 교양
수업을 마치고 전공 수업을 듣기 위해 이동을 하는 중에 갑자기 소나기가
쏟아졌어요. 함께 있던 친구와 전 미처 피할 틈도 없이 온몸이 흠딱 젖고 말았죠.
이왕 젖은 것 그냥 비를 맞자며 깔깔거렸습니다. 처음이었어요. 그렇게 비를
흠뻑 맞아본 게. 시원하고, 재미있고, 자유로웠습니다.
수업이 있다는 것도 잊고 한참 동안 비를 맞았습니다. 그때 함께 있던 친구는
지금 어디에서 어떤 모습으로 살고 있을지 문득 궁금해집니다. 그 친구도 살면서
가끔, 그 순간을 떠올리지 않을까 생각해요. 한번쯤은 그 시원한 빗줄기와, 함께
손잡고 웃었던 날 잠시 생각해주면 좋겠습니다.

아이에게 말했습니다.
다음에 꼭 아이가 제일 좋아하는 친구인 예준이랑 함께
우산 들고 빗속에서 춤을 춰보자고요.
아이는 좋다고 당장 하고 싶다고 손뼉을 쳐요.
아이에게도 내 친구의 아들이자 내 아들의 친구인 예준이에게도
빗속의 추억이 하나쯤 있었으면 좋겠습니다.

# 슈퍼 거북

유설화 글·그림

엄마가 되고 난, ──────── 남편이 답답해

《슈퍼 거북》

두 생각은 결국 갈등이 되고 우리는 꽤 오랫동안
정말 많은 싸움을 해야만 했어요. '분명 행복하려
결혼했는데 왜 이렇게 힘들기만 한 걸까? 우리가
과연 예전의 모습으로 돌아갈 수 있을까?'
서로의 마음을 아프게 하는 대화를 밤새도록
주고받기도 하고, 등을 돌리고 한숨을 쉬며 눈물을
흘리기도 했습니다.

남편과는 연애결혼을 했습니다. 감정표현이 분명하고 활달한 성격의 여자와 감정 기복이 없고 차분한 성격의 남자가 만나 3년의 시간 동안 싸우고 화해하고 안아주고 사랑하다 결혼을 했어요.

연애 시절 남편은 늘 저의 시간에 자신을 맞춰주었어요. 제가 배고프다 하면 밥을 먹었고, 제가 놀고 싶다 하면 놀아주었고, 제가 피곤하다 하면 함께 벤치에 앉아 기다려주었습니다. 호기심 많고 욕심 많은 제가 하고 싶은 것들을 마음껏 해볼 수 있도록 뒤에서 묵묵히 따라오던 그런 사람이었어요. 그래서 전 언제나 남편과 난 성격은 다르지만 같은 속도로 살아가는 사람이구나 생각했었죠.

그렇게 철석같이 믿고 결혼을 했건만, 결혼을 하고 나니 이게 저만의 착각이었더라고요. 여자 친구에게 잘 보이고 싶은 남자의 내숭에 깜빡 속았다고나 할까요. 남편은 저보다 한 템포 느린 시간을 사는 사람이었습니다. 무언가를 결정하고 행동하는데 항상 저보다 조금 더 오래 생각하고, 조금 더 신중하게 움직였죠. 즉흥적이고 감정적인 아내는 옆에서 속이 부글부글하지만 그는 늘 천천히 행동했어요. 뭐 연애 시절 많이 끌고 다녔으니 신혼 때야 그럴 수 있다 했죠. 내심

안정감을 느끼기도 했고요. 그냥저냥 그의 속도를 기다려줄
만했어요. 그런데 문제는 우리 두 사람이 한 아이를
키우면서부터 시작되었어요. 무엇이든 바로바로 빨리빨리
해야 마음 편한 초보 엄마와 무엇이든 조심조심 차근차근 해야
안심이 되는 초보 아빠가 함께 육아를 시작하자 분유나
기저귀를 사는 것에서부터 불협화음이 생기기 시작한 거예요.
뭐 이런 문제는 성격 급한 엄마가 얼른 알아보고 사면
그만이지만 진짜 문제는 부모라는 역할을 받아들이는
속도였습니다.
　전 하루가 급했어요. 빨리 완벽한 엄마가 되고 싶었고,
빨리 우리 세 사람이 안정적인 생활을 하길 바랐죠. 설령
잠을 못 자고, 밥을 잘 못 먹어도 육아와 일과 살림을 정해진
시간 안에 모두 다 해치우고 싶었어요. 물론 버거웠습니다.
하지만 지금 고생하지 않으면 언제 이 모든 일을 할 수 있을까
조급했죠.
　그런 저와 달리 남편은 조금 시간이 필요했어요. 어떤
부모가 될까 한 번 더 고민해야 했고, 아이에게 무엇이 좋을까
여러 가지 경우의 수를 두고 비교하고 분석하며 자신의 최선을
골랐어요. 그 와중에 젖병을 소독하고, 아이 옷을 삶고, 집 안을

청소하고, 아이 분유를 타며 정해진 시간 안에 주어진 일을
해내느라 고군분투해야 했죠. 남편이 노력하고 있다는 걸
알았지만 조금 답답했어요. '조금 더 서둘러주면 안 될까?
내가 말하기 전에 알아서 움직여주면 안 될까?' 하고 말이죠.
말은 하지 않았지만 남편은 아마 생각했을 거예요. '조금만
기다려주면 안 될까?' 하고 말이에요.

두 생각은 결국 갈등이 되고 우리는 꽤 오랫동안 정말
많은 싸움을 해야만 했어요. '분명 행복하려 결혼했는데 왜
이렇게 힘들기만 한 걸까? 우리가 과연 예전의 모습으로
돌아갈 수 있을까?' 서로의 마음을 아프게 하는 대화를
밤새도록 주고받기도 하고, 등을 돌리고 한숨을 쉬며 눈물을
흘리기도 했습니다.

우리는 비슷한 속도로 걸어가기 위해 함께 노력해야
했어요. 한 사람은 속도를 늦추고, 한 사람은 속도를 높여서
같이 걸어간다는 게 참 쉽지 않은 일이더라고요. 분명 사랑을
하고, 함께이고 싶은데, 과연 우리가 함께여서 행복한 것인지
많은 시간 고민해야 했죠.

《슈퍼 거북》은 달리기 경주에서 토끼를 이긴 거북의

이야기입니다. 토끼가 경주 도중 꿀잠을 자는 바람에
졸지에 느림보 거북은 슈퍼 거북이 되어버려요. 그리고
사람들의 기대에 맞춰 뭐든지 빠르게 하는 슈퍼 거북이
되기로 결심합니다. 그때부터 거북은 쉬지 않고 닥치는 대로
훈련을 해요. 그리고 어느 순간 느림보 거북은 정말 슈퍼
거북이 되어버립니다. 어느 날 슈퍼 거북이 거울을 보는데,
정말 100년은 더 늙어버린 듯한 모습이 거울에 비쳤어요.
폭삭 늙어버린 거죠. 이 장면에서 어느 누가 자신의 모습을
잃어버리고, 다른 사람들이 기대하는 속도에 맞춰 달리는
거북이 안쓰럽지 않을까요?

　　거북이 어떻게 되었냐고요? 그대로 늙고 병든 건
아니냐고요? 다행히 그렇지는 않아요. 진짜 슈퍼 거북이
된 거북에게 어느 날 토끼가 다시 경주 도전장을 내밉니다.
경주라는 말만 들어도 가슴이 울렁거리는 거북은 이제는 정말
토끼를 압도적으로 이길 만큼 달리기 실력이 향상되었지만
달리기 훈련으로 너무 지친 나머지 경주 도중 잠이 들고
맙니다. 그리고 결과는 보나마나죠. 토끼는 다시 1등 타이틀을
차지하고, 거북은 원래대로 느림보 거북으로 돌아옵니다.
뒷면지에 그려진 거북의 돌아온 일상을 보고 있자면, 참

행복하구나 싶어요. 참 편안하구나 싶고요.

그런데 사실…… 꾸물이는 너무 지쳤어.
딱 하루만이라도 푹 쉬고 싶었지.
느긋하게 자고, 느긋하게 먹고 싶었어.
볕도 쬐고, 책도 보고, 꽃도 가꾸고 싶었지.
무엇보다도 예전처럼 천천히 걷고 싶었어.

《슈퍼 거북》 중에서


아이의 성장을 바라보며, 엄마의 삶에 익숙해지면서
걸음의 속도에 대해 많은 생각을 하게 되었어요. 아이가
기고, 걷고, 달리는 속도를 느긋하게 바라보고 따라가는
엄마가 되고자 노력을 하면서요. 그리고 그 마음처럼 남편을
바라보았는지도 생각해봐요. 되돌아보면 그러지 못했던 게
사실이에요. 당신이 느리다는 걸 나도 알고 있으니 함께
속도를 맞춰보자 했지만 사실은 남편이 어디쯤 왔는지, 어떤
마음인지 신경 쓰지 못했어요. 그래서 빨리 오라고 재촉하고,
왜 못 오냐고 화를 냈죠. 남편보다는 내가 먼저였으니까요.
남편이니까 당연히 내 마음을 알아주어야 한다고

생각했습니다.

늙은 거북 얼굴을 보는데 문득 남편 얼굴이 떠올랐어요.
물론 거북만큼 못생겨서는 아니고요. 요즘 부쩍 자기 얼굴이
늙어 보인다며 나름 동안 소리 듣고 살았는데, 이제는
원래 나이로 보이는 것 같다고 풀죽은 표정을 짓던 게
생각났거든요.

오래전 이 책이 출간 되었을 당시, 유설화 작가님에게
책을 선물 받으며 사인을 받아두었습니다. 작가님은 저에게
'꿈꾸는 모든 일들이 꼭 이루어지길 바랍니다.'라는 메시지를
남겨주셨죠. 한참 세월이 지나는 사이 저는 결혼을 했고, 한
아이의 엄마가 되었습니다. 그리고 천천히 자기만의 속도로
주변의 환경을 하나하나 받아들이며, 잘 자고, 잘 먹고, 잘 놀며
성장하는 아이에게 이 책을 종종 읽어주곤 합니다.

그리고 그때마다 작가님의 메시지를 읽으며 생각하죠.
내가 꿈꾸는 삶은 무엇일까 하고요. 요즘 제가 꿈꾸는 삶은
우리 가족이 행복한 거예요. 어떤 것이 행복이냐 누군가
묻는다면, 지금 우리 아이처럼 잘 자고, 잘 먹고, 잘 노는
거라고 말하겠습니다. 거북처럼 아이처럼 편안한 일상을

보내는 거라고요.

결혼 후 한동안 어쩌면 지금도 잘 못 자고, 잘 못 먹고, 잘 못 노는 남편이 행복했으면 좋겠습니다. 속도 때문에 더 이상 저와 싸우지 않았으면 좋겠고, 제 속도에 맞추느라 아등바등하지 않았으면 좋겠습니다. 남편이 동안 얼굴을 되찾을 수만 있다면 그의 속도를 인정해보려 합니다. 그리고 제가 앞서 나간다고, 남편도 조금은 덜 서운해 했으면 좋겠어요. 저 역시 결혼 후 많이 늙은 것 같거든요.

서로 다른 속도로 다른 삶을 살던 우리는 이제 가족이 되었고, 매일 저녁 함께 산책합니다. 남편과 저 그리고 아이까지 모두 다른 보폭과 속도지만 함께라는 것만으로도 충분히 즐거운 산책길입니다.

《근사한 우리 가족》

오래전 가족 문제를 다룬 심리 치유서를 읽으며 이런 생각을 했었어요. '나는 가족에 대해 얼마나 잘 알고 있을까?' 가족과 함께인데 외로움을 느끼는 사람들이 많다는 이야기에 나 역시 가끔은 그런 마음이 드는 것 같았어요. 가족이란 이름으로 우리는 한 울타리 안에서 살아가요. 하지만 가족이라 해서 모두 같은 속도로, 같은 생각을 하며, 같은 감정을 가질 수는 없어요. 가족이기 이전에 우리는 한 사람이고, 각자를 인정하고, 존중해야 한다는 사실을 너무 자주 잊죠. 사실 '가족이니까'라는 말로 우리는 서로가 이해해주리라 생각하고 서로 많은 상처를 주고받기도 해요. 우리는 가족에 대해 얼마나 잘 알고 있을까요?

로랑 모로의 《근사한 우리 가족》에는 신기한 가족이 등장합니다. 가족이지만
모두 다른 모습을 하고 있어요.
작은 새는 남동생입니다. 늘 딴 생각을 하고, 노래를 잘하죠. 엄마는 기린이에요.
가족 중에서 제일 키가 크고 가장 아름답죠. 수줍음이 많아 다른 사람의 눈에
띄는 것은 좋아하지 않습니다. 할머니는 부엉이죠. 다정다감하고 너그러운
할머니는 집에 있는 걸 좋아해요. 그리고 귀가 대단히 밝습니다.
그 밖에 코끼리, 사슴, 사자 등 다양한 가족이 함께 살고 있습니다. 저마다
개성도 강하고, 잘하는 것도 모두 다릅니다. 한 명 한 명 가족들의 개성을
살펴보다 보면 신기한 가족이 정말 근사하게 느껴집니다. 그리고 이들이 한데
모여 만드는 삶의 이야기가 얼마나 다채로울까 기대가 되고요. 그러면서도
한편으론 걱정도 듭니다. 이들이 가족이란 이름으로 함께 살아가기 위해 얼마나
많은 싸움을 하고, 갈등을 겪을까 말이죠.

하지만 이들은 잘 살아갈 거예요.
서로의 다름을 인정하고,
서로를 멋지다 이야기하는,
근사한 가족이니까요.

《화분을 키워 주세요》

요즘 사람들에게 가장 많이 듣는 질문은 "둘째 계획은 없으세요?"예요. 그냥
웃으며 넘어가려 하면, 많은 사람들이 아이를 위해서 동생이 필요하다고
말해주세요. 걱정해주는 마음은 고맙게 생각해요. 그런데 가끔은 속이 상합니다.
둘째 계획에 대한 질문 뒤에 이어지는 이런 말 때문에요.
"외동은 못 써. 자기밖에 몰라."
아이의 성격과 사회성을 결정하는 데 있어 가장 큰 영향을 미치는 것은 형제가
아니라 부모의 양육 태도라고 많은 심리치료사들이 이야기해요. 그런데도
외동이라서 성격적 결함이 있을 것이란 고정관념은 아빠와 엄마 그리고 아이 둘,

4명으로 이루어진 가족이 이상적이라고 여기는 생각에서 비롯된 게 아닐까 생각해요. 하지만 세상에 완벽한 형태의 가정은 없어요. 저마다 다른 사람이듯 가정 역시 마찬가지죠. 가정의 형태로 인해 아이들이 상처 받거나 편견 어린 시선을 받지는 않았으면 좋겠어요.

《화분을 키워 주세요》의 주인공은 사랑스런 아이 토미입니다. 토미는 여름휴가를 떠나는 동네 사람들을 대신해 화분을 돌봐줍니다. 정성껏 가꾼 덕분에 화초들은 무럭무럭 잘 자라요. 토미는 화분에 둘러싸여 밥을 먹으며 소풍을 온 것 같다고 좋아하죠. 텔레비전을 볼 때면 정글 한가운데 있는 야외극장에 온 것 같다고 즐거워하고요. 화분에 문제가 생겼을 때에는 얼른 도서관으로 달려가 책을 찾아보고 문제를 해결해요. 다소 엉뚱하지만 호기심 많고 마음씨 예쁜 토미 덕분에 책을 읽는 내내 흐뭇한 미소가 지어집니다.

누군가 건넨 자녀 계획 물음과 우리 집 외동 아들 성격 걱정에 속상하던 어느 날, 토미 역시 외동이란 사실이 눈에 들어왔어요. '치, 외동이 죄다 이기적이면 이 책은 만들어질 수도 없었겠네. 토미가 다른 사람들의 화분을 돌봐줬겠어?' 하며 입을 삐죽 내밀어봤어요. 우리 아이도 토미처럼 성격 좋고 매력적인 아이로 잘 자랐으면 좋겠다 생각했어요. 그리고 무엇보다 사랑을 많이 받은 만큼 사랑을 베풀줄 아는 아이로, 배려심 많고 따뜻한 아이로 잘 키워야지 다짐했습니다.

에우니 가오리　モンテロッソのピンクの壁

몬테로소의
분홍 벽

이지림　라그　아토
주난　김울

예담

엄마가 되고 난, 또 다른 꿈을 꿔

《몬테로소의 분홍 벽》

하던 일을 멈추고 아이를 돌봐야 하는 한 달의
시간이 주어졌을 때 비로소 생각난 것 같아요.
내 몬테로소의 분홍 벽이 무엇인지요.
바다였고, 숲이었어요. 그리고 쉼이었고,
아이와 함께하는 행복한 시간이었죠.

《몬테로소의 분홍 벽》은 인터넷 서점에서 아이의 그림책을 구입하다가 에쿠니 가오리란 이름을 보자마자 함께 주문한 책이었어요. 대학 시절 소설 《냉정과 열정 사이》를 보며 참 좋아했던 작가였거든요. 그냥 그때 그 시절이 떠올라서 어떤 내용인지 살펴보지도 않고 구입했어요. 하지만 논문을 쓰고 있던 무렵이어서 구입한 책을 바로 보지는 못하고 책장 한구석에 꽂아놓았습니다. 그리고 한참 동안 책을 구입했다는 사실조차 까먹고 있었어요. 당시 전 논문 쓰랴, 마감하랴, 아이 보랴, 살림하랴, 머리에 꽃만 꽂지 않았지 외모도 마음도 딱 미쳤다는 소리 듣기 좋은 상태였어요. 밖에 꽃이 피었는지, 해가 났는지, 별이 떴는지, 돌아볼 틈 없이 하루하루를 살아내고 있었거든요.

하루는 피곤하다, 무기력하다, 몸이 아프다 푸념을 늘어놓는 제게 남편이 운동을 하는 게 어떻겠냐고 말했습니다. 지금 생각해보면 별말이 아닌데 그날따라 왜 그렇게 그 말이 미웠는지 모르겠어요.

"그게 걱정이야? 비아냥거리는 거야? 내가 그럴 시간이 어디 있어!" 하곤 남편을 향해 퉁명스럽게 쏘아붙였어요. 남편은 멋쩍은 듯 입을 닫고, 전 뾰로통해서 입을 내밀었죠.

어색하고 불편한 공기가 집 안을 가득 메우고, 우린 서로의
눈을 피했습니다.

　사실 생각해보면 시간은 있었어요. 일을 쌓아둔 채
피곤하다는 핑계로 낮잠을 청하는 시간, 머리가 복잡하다는
핑계로 텔레비전에 시선을 고정하는 시간, 집에선 일이 안
된다며 밀린 빨래를 못 본 척하고 카페로 나와 SNS 속 남의 집
깔끔한 살림살이를 구경하는 시간, 일도 하지 못하고 아이를
봤다며 남편에게 투덜대고 얻어낸 혼자만의 시간, 쇼핑몰을
검색하고, 네이버 연예 뉴스판을 이리저리 탐색하는 시간…….
수많은 시간들이 그냥 그렇게 지나갔죠. 그렇게 하루를 보내
놓고는 밤이 되면 오늘 다 하지 못한 밀린 일 생각에 안절부절,
피곤함이 또다시 밀려오곤 했어요. 아이를 어린이집에
보내놓고 시간을 허투로 보냈다는 생각에 마음엔 커다란
바윗돌 하나를 얹고 있는 것 같았고요.

　'차라리 그 시간에 좋아하는 소설을 읽었으면, 남편의
말처럼 운동을 했으면, 영화라도 한 편 보았으면 어땠을까?'
후회가 밀려오곤 했습니다. 그러나 이내 '그건 사치야. 난 지금
여유가 없어. 너무 바쁘고 힘들어.'라고 빤한 합리화를 하곤
했습니다.

그때 한참 동안 장난감을 가지고 혼자 놀던 아이가 심심했던지 저를 불렀어요. 엄마를 옆에 앉혀놓고 아이는 장난감 기차놀이를 시작했어요. 아이가 놀이에 집중하는 걸 지켜보다가 분홍색 표지가 참 예쁜 그림책 한 권을 꺼내들었어요. 소설을 읽거나 음악을 들을 여유는 없으니 그림책이라도 한 권 봐야지 하는 마음에서요. 언제 사다 책장에 꽂아놓았는지 기억도 가물가물한《몬테로소의 분홍 벽》이었습니다.

고양이 한 마리가 햇살 좋은 오후 따뜻한 볕 아래에서 꾸벅꾸벅 졸고 있어요. 모두들 이 고양이를 게으르다 이야기하지만 사실 이 고양이는 게으르지 않아요. 언젠가 꿈속에서 보았던 그곳, 몬테로소에 있는 분홍 벽을 찾아 떠나겠다는 다짐을 하고 있으니까요. 여느 날과 다름없던 어느 날, 고양이는 주인 할머니에게 작별 인사를 건네요. 그리고 어디인지도 모를 그곳, 몬테로소를 향해 떠납니다. 익숙한 집, 편안한 사람, 배부른 음식을 남겨두고, 몬테로소의 분홍 벽을 직접 보겠다는 자신의 꿈을 따라서요. 그곳이 어디인지, 어떻게 가야 하는지도 모른 채 길을 떠났으니 고생길은 훤하죠.

처음엔 운 좋게도 타인의 도움을 받아 곧장 몬테로소에 갈 수 있을 것 같았어요. 하지만 일이 그리 쉽게 될 리 없죠. 고양이는 어디인지도 모를 엉뚱한 곳에 불시착하게 되고, 언제 끝날지 모를 여정이 계속 돼요.

하지만 가고자 하는 길이 있으니 그 여정이 아무리 고생스러워도 꿋꿋이 나아갑니다. 누군가의 도움은 기꺼이 감사히 받고, 두려웠던 장애물은 다행히도 피해가죠. 그리고 긴 여행 끝에 마침내 분홍 벽을 만나게 됩니다. 꿈속에서 보았던 그 분홍 벽을요. 고양이는 분홍 벽에 몸을 기댑니다. 그리고 하나의 흔적이 되어 분홍 벽과 영원히 하나가 되죠.

에쿠니 가오리의 글 한 글자 한 글자가 참 다정하다 싶었어요. 괜찮다라는 단어는 없는데, 자꾸만 나에게 괜찮다고 속삭이는 것 같았죠. '누구에게나 몬테로소의 분홍 벽은 있겠지. 나에게도 있겠지. 나도 갈 수 있을 거야.' 하는 생각이 들었습니다. 그리고 무엇보다 아라이 료지의 어여쁜 그림이 한 장 한 장 참 마음에 들었어요. 바다 빛깔도, 태양 빛깔도, 무엇보다도 바다를 배경으로 한 몬테로소의 분홍 벽, 그 분홍 빛깔이 어찌나 따뜻하던지……. 폭신한 솜이불을 덮고, 꿈을 꾸는 기분이 들었어요.

며칠 후 회사에 간 남편이 급하게 전화를 걸어왔어요. 남편은 보름 뒤 터키로 세 달 일정의 출장이 결정되었다고 말했어요. 날벼락 같은 소리에 무슨 말을 어디서부터 어떻게 해야 할지 몰라 순간 머리가 멍해졌어요. 어떻게 세 살짜리 아들의 육아를 부인에게 모두 맡긴 채 세 달이나 출장을 가느냐고 화를 내고 싶었어요. 그런데 생각해보니 남편이 무슨 죄인가 싶더군요. 부인 눈치 보고, 애 보고 싶은 거 참아가며 돈 벌러 가는 게 측은하기도 했고요. 그래서 정말정말 상냥하게 내가 뭘 준비해주면 되겠냐고 묻고, 마음을 진정시켰어요. 그리고 이왕 이렇게 된 거 어떻게 하면 아이와 둘만의 시간을 효율적으로 무사히 보낼 수 있을까 고민하기 시작했죠.

6월까지 논문을 끝내야 하니, 그때까진 친정 식구들의 도움을 돌아가며 받으면 될 것 같았어요. 문제는 여동생이 아기를 낳는 7월이었죠. 친정 식구의 도움을 받을 수는 없고, 남편도 없는데 매일같이 시댁을 드나드는 것도 사실 부담스러웠어요. 어떡하나 계속 고민을 하다가 문득 제주도가 떠올랐어요. 푸른 바다와 숲. 그곳에 가고 싶어졌습니다. 몬테로소의 분홍 벽에 가고 싶어 매일 꿈을 꾸던 고양이처럼, 한 번 제주도 생각이 나자 몇 날 며칠을 그 생각만 했어요.

'치호와 단둘이 제주도에 가고 싶다. 거기서 온전히 우리 둘만의 시간을 보내고 싶다.' 그리고 무언가에 홀린 듯 전, 제주행 비행기를 예약했습니다.

사실 처음 《몬테로소의 분홍 벽》을 읽었을 때, 나 스스로에게 내 분홍 벽은 무엇일까 물었어요. 분명 따뜻하고 다정한 그림책이었는데, 나만의 분홍 벽은 잘 떠오르지 않았습니다. 누군가에게는 꼭 이루고 싶은 꿈일 수도 있고, 누군가에게는 안정된 삶일 수도 있겠죠. 누군가는 이미 만났을 수도 있고, 누군가는 아직 찾지 못했을 수도 있고요. 엄마가 되기 전 이 책을 읽었다면, 아마도 전 할머니가 되어서도 책을 만드는 편집자가 되는 거라고 대답했을 것 같아요. 오랫동안 사랑받는 그림책 작가처럼, 이 사람이 만든 책이라면 믿고 볼 수 있다는 신뢰감을 주는 유능한 그림책 편집자로 남고 싶은 게 나의 분홍 벽이라고 이야기했을 거예요.

하지만 결혼을 하고, 가정이 생긴 후에는 내가 이 일을 언제까지 할 수 있을까 하는 불안감이 밀려왔어요. 아이가 생기면 아침에 출근해서 저녁에 퇴근하는 일을 과연 해낼 수 있을까 걱정했죠. 외국처럼 머리 희끗한 할머니 편집자를 주변의 그 어떤 회사에서도 만나볼 수 없었고, 육아와 일이 결국엔 갈림길이더라고 말하는 주변의 엄마들을 보며 미리 다른 길을 준비해놓아야겠다고 생각했어요.

그렇게 시작한 공부와 그 공부를 계속하기 위해 해야만 했던 프리랜서 편집자의 삶. 무언가를 하고 있기 때문에 분홍 벽 역시 더욱 선명해지고 가까워지리라 생각했습니다. 하지만 선명해지기는커녕 뿌연 안개 속에서 잡힐 듯 잡히지 않는 희미한 벽 앞에 초조하고 불안했어요. 얼른 꿈을 찾고 이뤄야 한다 제 자신을 채찍질하며 동동거렸죠.

그런데 자의가 아닌 어쩔 수 없는 상황 때문이긴 하지만, 하던 일을 멈추고 아이를 돌봐야 하는 한 달의 시간이 주어졌을 때 비로소 깨달았어요. 내 몬테로소의 분홍 벽이 무엇인지요. 바다였고, 숲이었어요. 그리고 쉼이었고, 아이와 함께하는 시간이었죠.

남편과 함께하지 못하는 게 마음에 걸렸지만, 저는 아이와 함께 제주에서 한 달 간 시간을 보냈습니다. 고양이가 분홍 벽과 하나가 되었듯, 저 역시 아이와 함께 제주의 바다와 숲을 이리저리 뛰어다녔어요. 그 속에서 자연을 만나고 아이의 마음을 만나고 한결 여유로워진 나를 만났어요. 사실 떠나기 전날까지 밤을 새우며 미리 일을 해두었고, 미처 다하지 못한 일들을 바리바리 싸가지고 내려갔어요. 하지만 단 10퍼센트도 채 하지 못했죠. 그래도 그 어느 때보다 마음이 가벼웠습니다.

다시 일상으로 돌아오자 제주에서의 시간은 마치 기분 좋았던 한여름 밤의 꿈처럼 느껴졌어요. 저는 다시 밀린 일을 정신없이 해내야 했고, 아이를 돌보고 집안일을 해야 했습니다. 그리고 몬테로소의 분홍 벽이 쉼이었고, 아이와의 시간이었다는 사실 역시 흐릿해졌습니다.

앞으로 인생을 살아가는 동안 저는 종종 '나의 몬테로소 분홍 벽은 무엇일까?' 또다시 고민할 거예요. 어떨 때는 성공한 커리어우먼 엄마의 모습을 꿈꿀 수도 있고, 어떨 때는 부자가 된 모습을 꿈꾸며 나의 분홍 벽이라 믿는 날도 있겠죠. 잡히지 않는 꿈에 좌절할 날도 있을 테고, 내 꿈이 무엇인지 잃어버린 것 같아 허탈감을 느낄 날도 있을 것 같아요. 분명 그런 날들은 언제든 찾아올 거예요.

하지만 그런 날, 나를 위로해줄 것들이 제주를 다녀온 뒤 참 많이 생겼어요. 표선 해수욕장 한가운데서 기저귀에 똥을 누며 "응아! 응아!"를 힘차게 외치던 아이의 동영상을 볼 거고,

절물자연휴양림에서 나무토막과 열매로 만든 아이의 목걸이를 걸어보려고요. 분홍빛으로 물들던 하늘과 반짝이던 바다를 배경으로 수월봉에서 찍은 아이와 나의 인생 사진을 SNS에 올릴 거예요.

분홍 벽이 뭐 꼭 대단한 건가요? 지난 여름 드넓은 바다 앞에서 아이를 품에 안고 다짐했습니다. 몬테로소를 향해 가고 있다는 사실 하나만으로도 우리는 이미 대단한 여행자이니 자신감을 갖자고요. 게다가 함께 손잡고 걸어갈 사랑하는 아이와 남편이 있으니 조금 더 신나게 몬테로소를 향해 우리만의 여행을 해보는 게 어떻겠냐고, 스스로 토닥토닥 해주었죠. 앞으로도 지칠 때마다 그렇게 마음을 다잡으며 다시 힘을 내고 싶습니다. 그리고 뚜벅뚜벅 몬테로소를 향해 걸어가고 싶습니다.

## '꿈'에 대한 생각 더하기

## 《화물 열차》

제주에서의 여행이 마냥 즐겁고 편안하기만 했던 것은 아니었어요. 아이와 차로 이동 중에 렌터카가 살짝 이상해서 덜컥 겁이 났던 적도 있었고, 잠자리가 계속 바뀌고 아이가 저랑만 있다 보니 가끔은 땡볕에서 떼를 쓰기도 했죠. 그러던 중에 뜻밖에 이 책을 만났어요.

곶자왈에서 숙소로 돌아가는 중이었는데 버스 시간이 40분이나 남아서 어디서 시간을 때워야 하나 방황하던 중이었죠. 어디 쉬어 갈 만한 시원한 곳이 없을까 주변을 서성이다 헌책방을 발견했어요. 그리고 그곳에서 《화물 열차》를 발견했습니다. 글도 별로 없고 구성도 단순하지만 아이들이 좋아하는 기차를 빨강, 노랑, 파랑 등의 색을 이용해 생동감 있게 그린 책이죠.

당시 SRT 고속열차가 세상에서 가장 멋진 존재라 생각하던 세 살 아이에게 《화물 열차》는 그야말로 분홍 벽 같은 존재가 되었습니다. 책을 읽어주자 아이는 "칙칙폭폭!" 소리를 내며 뜻밖에 만난 기차 책에 너무나 좋아했죠. 이후 우리는 제주에서의 시간 내내 《화물 열차》와 함께 했습니다. 아이는 그림책을 보며 기관사를 꿈꾸었고, 기차를 타고 어디든 떠나는 꿈을 꾸었습니다. 아빠가 너무 보고 싶은 날에도 기차가 곧 아빠에게 데려다 줄 것이니 참을 수 있다 생각했죠. 그런 아이를 보며 저도 꿈꾸었습니다. 나중에 아이와 함께 시베리아 횡단 열차를 타고 기차 여행을 하는 꿈을요.

기대에 차서 나름대로 꼼꼼하게 계획했던 제주 여행이었지만 막상 제가 계획했던 대로 척척 이루어지지는 않더라고요. 사실 우리의 삶도 뜻대로 다 되는 것은 아니잖아요. 오히려 버스를 기다리며 우연히 아이가 만났던 그 그림책처럼 뜻대로 되지 않은 우리 인생에서 뜻밖에 만나는 것들이야말로 어쩌면 인생의 소박한 행복이자 선물인지도 모르겠습니다.

# 가끔은 혼자서

케빈 헹크스 글·그림 | 배소라 옮김

마루벌

엄마가 되고 난, ——————— 가끔 혼자 있고 싶어

《가끔은 혼자서》

더 이상 말하지 않아도 그냥 내 마음을 알아주는,
똑같이 가볍고 자유로운 청춘을 보냈고,
똑같이 엄마라는 무게를 열심히 견디며 살아가는
친구들의 얼굴이 갑자기 떠올랐습니다.

크리스마스와 연말을 얼마 앞두고 들떠 있을 때 남편과
이런저런 이야기를 나누다 문득 제주에 있는 비오토피아
박물관이 떠올랐어요. 비오토피아 박물관은 사유지 안에
있어서 평일에 하루 두 번, 정해진 인원만 예약제로 받는
박물관이에요. 미취학 아동은 안타깝게도 입장을 할 수가
없죠. 그래서 제주에서 한 달이란 긴 시간을 보냈지만 아이와
24시간 내내 꼭 붙어 있어야 했던 저에겐 잡히지 않는 꿈같은
곳이었어요.

"올해 제일 아쉬웠던 건 비오토피아 박물관에 못 간
거야. 가고 싶다. 갈 수 있을까?"

뜬금없는 소리에 남편이 별 생각 없이 대꾸를 했어요.

"그럼 갔다 와. 내일 가, 주말이니까 내가 치호 보면 되지.
월요일엔 내가 아침에 어린이집 데려다줄게. 하원 전에 와."

"진짜지? 말 바꾸기 없다!"

어라, 이 남자가 왜 이러실까 싶었어요. 진심이든 아니든
이게 웬 떡이냐 싶었죠. 그래서 얼른 말 바꾸기 전에 비행기
표부터 끊었습니다. 이런 일이 없었던 터라 어안이 벙벙했지만
설레는 마음을 감출 수 없었습니다.

새벽부터 일어나 주말 동안 해야 했던 교정지 검토를

하고, 남편과 아이의 반찬을 만들었어요. 지저분한 거실을 얼추 치우고, 아이의 약과 옷을 챙겨놓고, 남편에게 냉장고에 있는 반찬의 위치를 알려줬습니다. 가까스로 해야할 일을 마치고, 짐을 싸는데 가방 안에 넣을 게 없는 거예요. 없어도 너무 없었죠.

"이상해. 짐이 너무 없어. 나 뭐 가져가야 하지?"

"혼자 가는데 짐이 뭐가 필요해. 가볍게 갔다 와."

남편의 대답에 '아! 나 혼자 가지!' 싶었어요. 실감하지 못하고 있었나 봐요. 혼자라는 게 이렇게 가뿐한 거였는지 잊고 있었던 거죠. 아가씨 시절 전 작은 핸드백을 즐겨 들었어요. 작은 카드지갑에 파우더와 립스틱 그리고 핸드폰이 들어가면 딱 맞는 그런 핸드백을요. 하지만 엄마가 되고서는 커다란 천 가방을 즐겨 듭니다. 여전히 나의 소지품은 카드지갑과 파우더, 립스틱 그리고 핸드폰이 전부지만, 기저귀와 젖병, 분유와 쪽쪽이, 가제수건과 물티슈, 여벌의 옷과 장난감, 간식까지 챙기려면 가방은 무조건 크고 가벼워야 했죠.

아이가 더 이상 기저귀를 차지 않고, 분유를 먹지 않는 지금도 가방의 크기는 줄어들지 않았어요. 아이에게 핸드폰으로 동영상을 보여주고 싶지 않아서 2~3권의 그림책을 넣어야 하고, 스티커북과 색칠놀이, 색연필을 챙깁니다. 혹시나 하는 마음에 여벌의 옷은 아직도 넣어 다니고, 언제 목이 마르다 할지 모르니 물병이나 주스도 챙겨야 하죠. 그래서 가방은 늘 커다랗고 무겁습니다.

한동안 들지 않았던 작은 핸드백을 꺼내고, 늘 그랬듯 작은 카드지갑과 파우더, 립스틱, 핸드폰을 넣었어요. 그리고 작은 그림책 한 권을 더했습니다. 그렇게 떠난 제주, 겨울, 나홀로 여행이었어요.

《가끔은 혼자서》, 제목부터 이보다 완벽할 순 없다는 생각이 들어 선택한 그림책이었습니다. 제주에 도착해 혼자 숙소의 하얀 침대 위에 누워, 맥주 한 캔을 홀짝대며 책을 꺼냈어요. 바람이 꽤 차가운 날씨였지만 창문을 활짝 열고 그림책의 안내에 따라 바람 소리에 귀 기울여보았습니다. 저절로 눈이 감겼어요.

깊이 숨을 들이쉬자 차가운 공기가 몸 안으로 퍼져나가는 움직임이 느껴지는 것 같았어요. 몸 안에 차곡차곡 제주의 공기가 쌓이고, 몸이 둥실둥실 가벼워지는 듯했죠.

"혼자 있으면 더 많은 소리가 들리고 더 많은 것이
보여요. 바람 속에서 나무들이 숨 쉬는 소리를 듣고
나무뿌리가 이리저리 얽혀 있는 땅속도 들여다볼 수
있어요."

《가끔은 혼자서》 중에서


유명한 관광지에 간 것도 아니고, 맛집에서 훌륭한
음식을 먹은 것도 아닌데, 제주 여행을 정말 알차게 하고
있다는 느낌이 들었어요. 그리고 혼자만의 시간을 즐기고 있는
내 모습이 자랑스러웠습니다. 아이를 떼어놓고, 엄마 스위치를
끈 채 온전히 혼자만의 시간을 즐길 용기가 드디어 생겼구나
싶어서요. 늘 커피 한 잔, 영화 한 편, 그냥 일하지 않고 혼자서
휴식을 취하는 시간이 절실했지만 일을 마치면 정신없이
집으로 돌아가기 바빴거든요.
　지금은 이사를 했지만 아이가 어렸을 땐 시댁과
한동네에 살았어요. 동네에 어머니 친구분들이 몇 분 살고
계셨는데, 혹시나 제가 커피숍에서 멍 때리고 앉아 있는
모습을 그분들이 보면 어쩌나 하는 마음이 들곤 했어요.
꼭 보충 수업 땡땡이 치고 놀러 다니다가 엄마 친구에게

걸려 혼날까 두려워하는 아이처럼 말이에요. 그럴 필요까진
없었는데, 그땐 아마 아이 엄마인 내 모습에 익숙해질 시간이
필요했던 것처럼 시어머니와의 사이에서도 가족이 될 시간이
필요했던 것 같아요.

어쨌든 혼자만의 제주 여행은 '나'라는 사람에게 온전히
집중할 수 있는 시간이었어요. 진심으로 그렇게 생각했는지
아니면 여행을 죄책감 없이 즐기기 위해 그런 생각이
들었는지는 아직도 잘 모르겠지만 엄마이기 이전에 나를
돌보고 채우고 싶었습니다. 나의 에너지를 채우고 좋은 상태의
나를 만들어야 엄마로서도 좋은 내가 될 수 있다 생각했죠.

문득 지난주 남편이 투덜대던 말이 생각났어요. 왜
물건을 아무 곳에나 두냐고 좀 안 보이는 데에 잘 정리하라고
남편에게 잔소리를 하자 남편이 말했어요.

"도대체 우리 집에 내 맘대로 쓸 수 있는 공간이 어디
있어? 나만의 공간이 필요하다고!"

그러고 보니 가장 편해야 하는 집에서 남편이나 저나
가끔씩 왜 그리 답답함을 느꼈는지 알 것 같았습니다.
가끔 화장실에 들어가면 볼일을 다 봤음에도 밖에 나가기
싫을 때가 있거든요. 그냥 하염없이 화장실에 앉아 있던 내

모습과 집에 들어가지 않고 차에 앉아 멍 때리던 내 모습이
스쳐지나갑니다. 언젠가는 꼭 남편에게 근사한 방 하나를
내어주고 싶어요. 좋아하는 것들 방해받지 않고 마음껏 할 수
있는 작지만 커다란 방 하나를요. 그리고 언젠가는 꼭 제 방도
하나 생겼으면 좋겠어요. 만화책도 보고, 멍도 때리고, 글도
쓰고, 음악도 듣고, 잠도 자고, 그림도 그리고…….

혼자 마신 맥주 덕분인지, 에너지가 채워지고 있어서인지
양 볼이 발그레 달아올랐습니다. 추위를 참 싫어하는데, 그
밤만큼은 충분히 바람을 쐬고 싶었어요. 크게 숨을 내쉬고
다시 그림책을 들여다보았습니다.

> "혼자 있으면 내 모습과 마음속을 살펴봐요. 나와
> 똑같이 생긴 사람은 없어요. 나와 똑같이 생각하는
> 사람도 없어요."
>
> 《가끔은 혼자서》 중에서

아마 형광펜이 있었다면, 이게 그림책인지 심리
치유서인지 분간하지 못하고 밑줄을 쫙쫙 그었을 거예요. 마음
같아서는 달달달 문장을 외우고 싶었어요. 그러다 몇몇 얼굴이

떠올랐죠.

'아, 이 문장은 유진 언니한테 들려주고 싶다. 이스리가 좋아하겠네. 차서영은 울지도 몰라. 요중이랑 지윤 언닌 잘 지내나?' 엄마인 친구들이 떠오르고, 보고 싶어졌습니다. 잠깐 그림책을 덮고, 친구에게 전화를 걸었습니다.

"뭐해? 나 지금 혼자서 제주도 왔어. 근데 네 생각난다. 다음에 꼭 같이 오자."

친구 역시 반갑게 화답해줍니다. "그래, 다음엔 꼭 같이 가자." 하고요. 눈도 감았다가, 찬 공기도 마셨다가, 맥주도 마셨다가, 친구와 짧은 통화도 했다가, 이런저런 생각을 하다 보니 짧은 그림책 한 권을 보는 시간이 꽤 걸렸습니다.

다시 책장을 넘겼는데 작가도 저와 마음이 통했나 봅니다. 혼자만의 시간을 충분히 즐긴 아이는 친구들은 지금 무엇을 하고 있을까를 생각하는 거예요. 마음이 들떴습니다. 이 책이 더욱 마음에 들었고요. 내 마음을 알아주는 친구와 함께 있는 기분이었거든요. 십 대, 이십 대 참 가볍고 신이 났던 그 시절을 함께 보내고 비슷한 시기에 결혼을 하고 비슷한 시기에 엄마가 된 그런 친구 같은 느낌이었어요.

그런 친구와 아이를 어린이집에 보내놓고, 간만에 모여

앉아서 이런저런 이야기를 나누다가, "아, 혼자서 쉬고 싶어. 엄마도 아내도 아니고 그냥 나로, 딱 이틀만." 하고 이야기를 꺼내면 "맞아, 맞아. 나도 그래. 아, 여행가고 싶다." 하고 맞장구를 쳐주는 그런 느낌이었죠. 더 이상 말하지 않아도 그냥 내 마음을 알아주는 똑같이 가볍고 자유로운 청춘을 보냈고 똑같이 엄마라는 무게를 열심히 견디며 살아가는 친구들의 얼굴이 떠올랐습니다.

다음날 아침, 제주의 풍경 좋은 카페에 앉아 커피를 시켜 놓고 다시 한 번 그림책을 꺼내보았어요. 비록 이 순간 함께하진 못하지만 꼭 이 풍경을, 시간을, 설렘을 선물하고 싶은 친한 친구와 함께 있는 것 같았죠. 그리고 다음엔 꼭 그런 친구와 함께 이곳에 앉아 있고 싶다 생각했습니다. 가끔은 혼자 있고 싶다 생각했는데 혼자보다는 함께인 게 조금 더 좋은 것 같았거든요.

## '나'에 대한 생각 더하기

## 《꽃이 핀다》

출판사에 함께 다녔던 후배에게서 오랜만에 전화가 왔어요.

"선배, 지금 뭐해요? 잠깐 볼 수 있을까?"

"아, 진짜? 그런데 치호도 같이 만나도 될까? 오늘 콧물이 좀 나와서 어린이집엘 못 갔어."

"음…, 그럼 다음에 봐요. 애기 얼마 전부터 어린이집 보냈거든요. 아직 적응기간이라 두 시간쯤 떨어져 있는데, 잠깐 선배랑 카페에서 조용히 차 한잔할까 싶었어. 엄마가 되고 나니까 카페에서 쉬는 시간이 너무 그리워."

"그래. 무슨 말인지 충분히 이해 간다. 좋은 데 가서 맛있는 커피 마시고 들어가."

아이가 함께 있다 하니 만남을 미루자는 후배에게 섭섭한 마음이 들 법도 한데,

얼마나 간절했을까 하는 생각이 먼저 들었어요. 오랜만에 온 후배의 연락에
응하지 못한 게 자꾸 마음에 걸렸어요. 아이의 컨디션 따라 정해지는 나의
시간이 조금은 답답하기도 했죠.
아이가 낮잠을 자는 사이, 마음을 조금은 편안히 하고 싶어 좋아하는 그림책 한
권을 꺼내 들었습니다.

《꽃이 핀다》라는 그림책이었어요. 비단 위에 분채로 그려진 빨강 동백꽃을 보고
있자니, 나도 한때는 화가를 꿈꾸었었지 싶었습니다.
연분홍, 진달래. 후배 얼굴이 떠올랐습니다. 차분했던 그녀와 홍대 앞 카페에서
시간을 보내던 예전 한때가 생각났습니다. 조곤조곤한 목소리가 예쁜
아가씨였어요. 후배는 진달래처럼 참 예뻤습니다.
엄마의 시간을 보내고 있는 그녀가 지금도 여전히 진달래 같을지는
모르겠습니다. 하지만 다른 빛깔로 여전히 자기만의 향기를 풍겼으면
좋겠습니다. 보라 도라지꽃도 좋고, 연파랑 꽃마리도 좋을 것 같습니다.

그림책을 보는 내내 엄마가 된 후배가
꼭 예쁜 카페에 가서 한 시간이고 두 시간이고
혼자만의 고요한 시간을 보내기를 바랐습니다.
밀린 빨래와 설거지 생각하지 않고,
아이 반찬과 장난감 생각하지 않고,
그냥 맛있는 커피 한 잔 마시고, 좋아하는 책 한 권 읽고,
그렇게 쉬었다 아이를 데리러갔으면 정말 좋겠습니다.

# 딸은 좋다

채인선 글 · 김은정 그림

한울림어린이

엄마가 되고 난, ——————— 엄마를 생각해

《딸은 좋다》

37년 동안 온전히 나의 엄마로 살아온 엄마에게,
엄마와는 다른 모습의 엄마가 되고 싶다 말을
하는 저는 어쩌면 지금까지 딸로 살아온 세월 중
가장 나쁜 딸입니다. 그럼에도 불구하고 그림책은
말합니다. 딸은 좋다고요.

"엄마 목소리가 왜 그래?"

"감기가 계속 안 낫네."

"약 좀 잘 챙겨 먹어."

"그래, 알았어. 걱정하지 마. 괜찮아."

"응. 엄마 나 이제 치호 데리러 가야 돼. 끊어."

엄마는 벌써 한 달째 심한 감기 몸살에 걸려 고생 중이십니다. 늘 괜찮다고 말하는 엄마지만, 전화기 너머 들려오는 목소리만으로도 엄마가 지금 얼마나 아프고 힘든지 느껴집니다. 그럴 때마다 나아지지 않는 것 같은 엄마의 건강이 신경 쓰입니다. 그래서 엄마에게 약을 사다주거나 보양식을 챙겨주러, 아니면 집안일이라도 도와주러 잠시 친정에 다녀올까 하다가 그냥 관두었습니다. 아이가 며칠째 콧물이 나고 있었거든요. 약을 먹어도 여전히 줄지 않는 콧물 때문에 걱정이 이만저만이 아니었습니다. 병원을 옮겨봐야 할지, 비염이 심해지는 건 아닌지, 약은 아이에게 괜찮은 성분인지 머릿속은 온통 아이 걱정뿐입니다.

그렇게 전 늘 멀다는 이유로, 바쁘다는 이유로, 엄마는 괜찮을 거란 이유로, 무엇보다 내 아이를 키우느라 엄마 생각을 잠시 뒤로 미뤄둡니다.

엄마의 마음이 아팠을 때도 그랬습니다. 평온했던 엄마의 일상에 생각지 못했던 폭풍이 몰아쳤고, 엄마는 많이 아파했습니다. 눈물을 흘리며 저에게 감정을 쏟아냈죠. 엄마가 하는 말들을 "그래, 그래." 맞장구치며 듣긴 들었지만, 그게 다였습니다. 엄마가 얼마나 힘들지 알고 있고, 엄마에게 위로가 필요하단 것도 알고 있었지만, 당장 내가 해야 할 일이 미뤄지는 게 싫었습니다. 정말 이기적으로 내 생활만 생각했어요. 엄마에게 달려가고 싶다고 말하지만, 달려가지 않는 나를 보며 스스로 참 나쁜 딸이구나 싶었습니다. 그런 저에게 언젠가 남편이 이야기하더군요. 그러다 나중에 후회한다고. 계실 때 엄마한테 잘하라고 말이죠.

흔히들 말합니다. 엄마가 되면 엄마 마음을 잘 알게 된다고요. 그래서 딸들은 시집가면 엄마한테 더 잘한다고요. 우리 엄마도 나를 보며 그렇게 느낄까 생각해봅니다. 왠지 우리 엄마, 딸이 시집가고 나니 더 외롭다고 할 것만 같아 겁이 납니다.

그런데 생각해보면 전 어린 시절부터 엄마와 이런저런 속 깊은 이야기를 나누는 살가운 딸이 아니었어요. 처음 초경을 경험했을 때에도 엄마에게 바로 말하지 못했습니다.

엄마가 싫거나 어려워서 그랬던 것은 아니었어요. 그냥
창피했습니다. 첫사랑에 빠졌을 때도, 친한 친구에게 배신을
당했을 때도, 친구들의 따돌림 때문에 힘들었을 때도, 전
엄마에게 말하지 못했어요. 친구에게 비밀 편지를 쓰고,
교환 일기를 쓰며 털어놓았던 많은 이야기들 중 엄마와 나눈
이야기가 얼마나 있을까 생각해보니, 우리 엄마는 정말 나에
대해 모르는 게 많겠구나 싶더라고요. 다른 한편으론 엄마가
조금은 서운했겠다 싶었습니다.

　　엄마에 대한 그림책은 참 많습니다. 아무래도 그렇겠죠?
그림책을 읽어주는 사람도, 그림책을 사주는 사람도 엄마인
경우가 가장 많으니까요. 아이가 성장하는 과정에서 가장 많은
영향을 주고받는 이 역시 엄마이고, 엄마 없이 태어난 아이는
단 한 명도 없잖아요. 정말 당연한 일이라 생각해요.
　　아이들이 엄마에 관한 그림책을 읽으며, 자신의 엄마를
떠올리듯 엄마들 역시 엄마에 관한 그림책을 아이들에게
읽어주며 자신의 엄마를 떠올립니다. 저 역시 마찬가지고요.
수많은 엄마 그림책 중 나의 엄마가 제일 많이 생각나는
그림책은 단연 《딸은 좋다》입니다. 엄마의 입장에서 딸이 왜

좋은지를 이야기하는데, 내가 내 아이에게 말한다기보다는
할머니가 된 우리 엄마가, 엄마가 된 나에게 말하는 것
같거든요.

그림책은 말합니다. 머리를 두 갈래로 묶어줄 수 있어서,
목욕탕에 같이 가서, 오이 마사지를 같이해서, 시집가면
엄마에게 다 잘해준다고 이야기해서, 아기를 낳아 엄마가 되어
볼 수 있어서 딸은 참 좋다고요.

책을 보는 내내 생각해보았습니다. 나는 엄마에게
어떤 딸이었을까? 좋은 딸이었을까? 어린 시절 엄마가
머리를 묶어줄 때마다 살살 좀 묶어라, 양갈래로 땋아달라,
파마를 하고 싶다 참 요구사항이 많았던 것 같아요. 엄마와
함께 목욕탕에 간 게 언제인지 잘 생각이 안 납니다. 아마도
사춘기가 되면서부터 엄마와 목욕탕에 가지 않았던 것
같아요. 엄마 얼굴에 얇게 썬 오이를 올려준 게 언제인지도
기억나지 않습니다. 어쩌다 해외여행을 갈 때면 화장품 싸게
살 수 있다고 늘 면세점에 들렀죠. 하지만 엄마의 화장품은
사지 않았습니다. 내 것이 늘 먼저였고, 내 것 사기에도
돈은 부족했으니까요. 시집가면 엄마에게 다 잘해준다고

이야기하는 대신 귀찮은 일, 급한 일, 궂은 일이 생기면
도와달라고 엄마에게 전화를 했습니다. 그냥 엄마니까 당연히
해줘야 한다고 말이죠.

그리고 엄마가 되어서 참 좋은 딸은 이제 엄마가
되었으나 엄마를 많이 생각하지 않습니다. 내리사랑이 세상의
진리인 것처럼 엄마 대신 내 자식만 생각하는 내 모습을
당연한 거라 이야기합니다. 엄마가 날 사랑했듯, 나도 아이를
사랑하는 거라고요. 나의 엄마인 엄마가 안쓰럽습니다.

아이가 처음 태어났을 때, 남편과 아이의 이름을
무엇으로 결정할까 많은 이야기를 했었어요. 시아버님이 주신
두 이름 중에 하나를 골라야 하는 상황이었는데, 두 이름이
주는 느낌이 너무 달랐거든요. 남편이 저에게 물었습니다.
우리 아이가 어떤 아이로 자랐으면 좋겠냐고. 그때 전 이렇게
말했어요.

"모험을 즐기는 아이였으면 좋겠어. 분명한 꿈을 가지고
나는 가보지 못했던 더 넓은 세상에서 도전하는 아이로
자랐으면 좋겠어. 난 못 그랬으니까. 나보다는 자유로웠으면
좋겠어."

그래서 저의 아이는 차분하고 평범한 느낌의 이름이

아닌 개성이 강한 이름을 갖게 되었죠. 그런데 저의 엄마는 제가 자라는 동안 늘 말씀하셨어요.

"평범하게 사는 게 최고야. 무난한 게 좋은 거야. 배부르고 등 따뜻하게 사는 게 제일 편안한 거야."

만약 우리 엄마였다면, 차분하고 평범한 느낌의 이름을 고르지 않았을까 생각해봅니다. 그런 엄마의 생각이 자라는 동안 가끔은 답답했어요. 엄마는 나에 대해 잘 모른다는 생각도 했었죠. 그리고 다짐했습니다. 내가 엄마가 된다면, 엄마와는 다른 엄마가 될 거라고. 외국에서 살고 싶어 하는 자식에게 "엄마는 네가 외국에 가면 너무 보고 싶어서 안 될 것 같아."라고 말하는 엄마가 아니라 "그래, 멀리 보고 크게 자라. 멋지게 도전하고, 꿈을 펼쳐."라고 말하는 엄마가 되고 싶었습니다. "밥 먹었어?" 대신에 "오늘 기분은 어때?"라고 묻는 엄마가 되어야지 생각했어요. 늘 집에 있는 엄마가 아니라 멋지게 자기 일을 하는 엄마가 되어, 아이가 무언가를 선택할 때 시야를 넓혀주는 엄마가 되고 싶었습니다. 엄마가 나를 키운 방식과는 다른 방식으로 아이를 키우고 싶었습니다.

37년 동안 온전히 나의 엄마로 살아온 엄마에게, 엄마와는 다른 모습의 엄마가 되고 싶다 말을 하는 저는 어쩌면 지금까지 딸로 살아온 세월 중 가장 나쁜 딸입니다. 그럼에도 불구하고 그림책은 말합니다. 딸은 좋다고요. 그림책 속 엄마가 된 딸은 엄마의 모습을 참 많이 닮아 있습니다.

　우리 엄마도 말합니다. 세상에 태어나 가장 잘한 일은 너희를 낳은 거라고요. 너희들의 엄마가 된 거라고요. 그리고 또 말합니다. 딸이 참 좋다고요. 엄마 같은 엄마가 되지 않겠다며 밤새 일을 하고, 늘 피곤해하며 예민하게 구는 딸에게 제발 네 몸 좀 챙기라고 말합니다. 내 아이는 엄마가 나를 키운 것처럼 키우지 않겠다며 아이와 단 둘이 제주도로 내려가 한 달을 보내고 아이의 세계여행을 위한 적금을 드는 딸에게 엄마는 말합니다. 애랑 둘이 지내려면 네가 힘들어서 어떡하냐며 꼭꼭 밥은 잘 챙겨 먹으라고요.

　그런 엄마를 떠올리며 이 글을 쓰는 내내 고민했습니다.

　'엄마한테 전화할까?'

　하지만 전 이 글을 마무리하고, 노트북을 끄고 나서도 전화하지 못할 거예요. 괜히 착한 척하는 것 같고, 쑥스럽고, 또 미안해서요.

　정말 남편 말대로 먼 훗날 엄마 손이, 엄마의 목소리가 내

손에 닿지 않고 내 귓가에 들리지 않게 되었을 땐, 그땐 많은 후회를 할지도 모르겠습니다. '조금 더 자주, 더 따뜻하게 엄마 손 잡을걸. 엄마와 이야기를 나눌걸.' 하고 말이죠. 이 글을 쓰는 내내 엄마가 많이 보고 싶습니다.

## 《아빠와 피자놀이》

2년 전 친정아버지가 40여 년 동안 일했던 직장에서 퇴직을 하셨어요. 아빠가
퇴직을 앞둔 무렵 '언젠가는 우리 아빠도 나이가 들고, 퇴직을 하겠지.'라고
생각은 했지만 막상 현실이 되니 마음이 뒤숭숭했어요. 다른 직업을 몸에 입은
아버지의 모습은 왠지 낯설어 잘 상상이 안 되었으니까요.

40년을 몸담았던 직장을 내일부터는 나갈 수 없다는 사실이 한 집안의 가장에게
어떤 의미일지 상상을 해보면 아버지의 마음을 조금은 알 것도 같습니다. 그런데
제 생각보다 아버지가 느낀 무력감과 상실감은 더 컸던 것 같아요. 늘 당당했던
아버지가 처음으로 움츠리고 있단 생각이 들었어요. 부쩍 말수가 줄고, 방에서
나오지 않는 아버지의 모습이 낯설었고, 이해가 되지 않았어요. 내가 참

좋아했던 아버지의 모습이 점점 사라지는 것 같아 슬펐습니다. 점점 아버지에게 건네는 말이 줄었습니다. 종종 끼던 팔짱도 어색했고, 전화 한 통 거는 게 어려워졌어요.

주말 아침 아이와 남편이 낄낄거리며 《아빠와 피자놀이》을 보고 있었어요. 아이는 윗옷을 올리고 통통한 배를 드러내며 신이 나 소리칩니다. 어서 자기도 피자로 만들라고요. 남편은 장난스레 아이의 몸을 피자 도우처럼 이리저리 주물렀습니다. 그 모습을 보고 있자니 문득, 아버지가, 아니 우리 아빠가 많이 외롭겠구나 싶었어요. 예전의 아빠가, 아빠 손을 잡고 밤 산책을 하던 내가 너무 그리웠어요. 맛있게 익어가는 삼겹살을 앞에 두고 소주잔을 기울이던 참 친했던 아빠와 딸, 우리 두 사람이 보고 싶었어요. 아빠도 예전의 큰딸이 그립지 않을까 생각하니 자꾸만 눈물이 흘렀습니다. 미안했거든요. 아빠를 외롭게 한 것 같아서……. 아빠가 많이 보고 싶었습니다. 슬쩍 자리를 피해 아빠에게 전화를 걸었습니다.

"아빠, 나야."

"어? 어! 웬일이야?"

"그냥."

참 어색합니다. 그래도 아빠 목소리를 들어서 좋았습니다.

이 책을 시작할 때만 해도 은퇴 후 취업준비생이었던 아버지는 이 책을 마무리할 때쯤 새로운 직장에 취직을 하셨고, 두 번째 삶을 시작하고 계십니다. 여전히 우리 두 사람은 조금은 어색하고, 서먹하고, 연락도 잘 안 하지만, 그래도 아버지의 새로운 시작이 행복합니다. 아버지를 응원합니다.

네버랜드
Picture Books
세계의 걸작 그림책
173

# 보 물

유리 슬레비츠 그림 · 글 · 최순희 옮김

시공주니어

엄마가 되고 난, 빤한 위로가 필요해

《보물》

천천히 알게 된 것 같아요.
아이가 걷지 못할 땐 유모차를 밀며 걸어야 하고,
걸음마를 할 땐 넘어질까 뒤를 따라가며 걷고,
아이의 걸음이 조금 늘었을 때에는
아이 손을 잡고 천천히 걸어야 하는 것.
그게 엄마의 걸음이고, 엄마의 속도라는 걸요.

옛날에 이삭이라는 가난한 노인이 살았습니다. 어느 날 이삭은 수도의 왕궁 앞 다리 밑에 보물이 있다는 목소리를 꿈에서 듣게 되죠. 꿈이 세 번이나 계속되자, 이삭은 꿈을 믿고 긴 여행길에 오릅니다. 이삭은 걷고 또 걸었어요. 숲을 걷고, 산을 넘어 걷고 또 걸으며 마침내 왕궁 앞 다리에 도착했습니다. 그는 보물을 찾았을까요? 물론 못 찾았죠. 왕궁 앞 다리는 보초들이 밤낮없이 지키고 있었고, 보물을 찾아볼 엄두도 낼 수 없었으니까요.

그렇게 며칠을 다리 근처에서 서성이는 이삭에게 보초 대장이 무슨 일이냐고 물어요. 이삭은 자신의 꿈 이야기를 보초 대장에게 털어놓죠. 그러자 보초 대장이 어이없는 웃음을 지으며 이렇게 말합니다.

"이런, 어리석은 사람을 봤나! 그깟 꿈을 믿고 신발창이 다 닳도록 걸어오다니! 이봐요, 나도 언젠가 꿈을 꿨는데 그 꿈대로라면 나도 지금 당장 당신이 떠나왔다는 그 마을로 가 이삭이라는 사람 집 아궁이 밑에서 보물을 찾아봐야 할 거요."

《보물》중에서

보초 대장의 이야기를 듣고 이삭은 어떻게 했을까요?
보초 대장에게 감사의 인사를 하곤 다시 집으로 돌아오는 긴
여행을 시작합니다. 지나왔던 길을 되돌아가며, 묵묵히 걷고
또 걷죠. 그리고 마침내 집으로 돌아와 아궁이 밑에서 보물을
발견해요.

　아이와 함께 알라딘 중고 매장에 갔다가 우연히
발견한 책이었어요. 평소 유리 슐레비츠의 서정적이면서
고전적인 그림을 좋아했기에 이런 책이 있었네 하며 얼른
꺼내들었습니다. 하지만 편하게 책을 볼 수 있는 상황은
아니었죠. 아이는 유모차에서 칭얼거리고 있었고, 좁은 서점
복도에서 여러 사람과 부대끼던 터라 마음이 급했어요. 아이가
칭얼대기 전에 빠른 속도로 휘리릭 책장을 넘겼어요. 그런데
한순간 '쿵!' 하고 가슴이 내려앉았습니다. 주책맞게 코끝이
뻘게지고 울컥 눈물이 차올랐어요.
　이삭이라는 사람이 그 고생을 다 이겨내며 결국 보물을
얻은 스토리에 감동을 받아서도, 결국 자기 집 밑에 있는
보물을 찾기 위해 그 같은 고생을 한 이삭이 불쌍해서도
아니었어요. 바로 그림 때문이었죠. 지팡이를 들고 길을 걷는

이삭의 모습을 마주한 순간 나도 모르게 감정이 휘몰아친 거예요.

진짜 있을지 없을지 모르는 보물을 찾아, 실체 없는 희망 하나에 의지하며 숲을 지나고, 산을 넘는 작은 사람이 너무나 가여웠습니다. 그의 뒷모습이, 보이지 않는 얼굴이 너무 초라하고 힘겨워 보였어요. 다음 장으로 넘기지 못하고 한참 동안 그림을 바라보았어요. 뾰족뾰족 창처럼 서 있는 나무들과 끝이 어디인지 보이지 않는 황량하고 높은 산을 이 늙은이가 잘 지나갈 수 있을까 걱정이 되었거든요.

'제발 무사히 이 길을 지나가세요.'

이삭을 향한 작은 기도 하나, 그리고 거기에 나를 위한 작은 기도 하나가 더해졌어요.

'제발 무사히 이 길을 지나가게 해주세요.'

아이가 5~6개월쯤 되었을 무렵이었어요. 출산으로 잠시 휴학했던 대학원에 복학을 했던 시기였습니다. 누가 시킨 것도 아니었고, 당장 학위를 따야 하는 뚜렷한 이유도 없었지만 저는 서둘러 복학을 했어요. 지금 돌아가지 않으면 영영 공부를 마칠 수 없겠다는 생각이 들었거든요. 공부를 하겠다고 회사까지 그만둔 상태였기 때문에 복학을 하지 않으면 나의 모든 경력이 중단될 것 같은 불안마저 가득했죠. 어쩌면 회사에 다시 돌아가지 않아도 되는 정당한 이유가 필요했는지도 모르겠네요.

다행히 시어머니의 도움을 받아 바로 복학을 할 수 있었지만 아이를 돌보는 일도, 새로 시작한 공부도, 프리랜서 편집자 생활도 모두 서툴고 낯설었어요. 게다가 이 모든 일을 하루 24시간을 쪼개고 쪼개 함께 해야 한다니…… 처음엔 오전에 아이와 온전한 시간을 보내고, 어머니가 오시는 1시에서 5시 사이에 일을 하고, 일주일에 2번 정도만 저녁에 수업을 들으면 되니 별 문제가 없을 줄 알았어요. 늘 하던 일이고, 좋아하는 공부에 시간은 쪼개어 쓰면 되니까요.

하지만 웬걸요. 오전에 아이를 돌보고 있으면 어김없이 일처리를 독촉하는 전화가 왔어요. 아이가 잘 노는 것 같아 잠깐 일을 좀 하려고 하면 아이는 배가 고프다고 울어댔어요. 그 와중에 어머님이 오시기 전 집 안도 말끔히 정리해야 했습니다. 그땐 왜 그리도 뭐든지 잘하는 모습만 보이고 싶었는지 모르겠어요. 어머니가 아이를 봐주시는 동안에는 또 왜 그렇게 해야 할 다른 일이 많은지…… 아이 이유식 만들

장도 봐야 했고, 어린 대학원생 친구들의 스케줄에 맞춰 조별 모임이나 발표 준비도 해야 했습니다. 밤이 되었다고 편할 리 없죠. 공부를 좀 하려고 하면 아이는 어김없이 잠에서 깨어 잠투정을 했으니까요.

내 맘대로, 내 계획대로 할 수 있는 게 아무것도 없었어요. 밀린 일에 대한 부담감과 비싼 등록금을 내고 제대로 공부를 하지 않는다는 불편함, 거기에 늘 바쁜 엄마라는 죄책감이 꼬리에 꼬리를 물어 잠 못 드는 날이 지속되었습니다.

'무엇 때문에 이렇게 아등바등 사는 걸까? 언젠간 편안해지겠지? 돈을 더 많이 벌어야 할까? 아이가 다섯 살쯤 되면 좀 편해진다던데 출판사를 차릴까? 자본이 있어야 차리지. 그럼 공부한 의미가 없으니 미술치료실을 차릴까? 그건 좀 괜찮을까? 아이랑 1년쯤 세계여행을 하면 얼마나 좋을까? 제주도로 내려가 살면 좀 천천히 살 수 있을까? 거기선 또 무슨 일을 하지?'

밤이 새도록 했던 참 쓸데없고, 답이 없던 생각들. 하지만 그 무게는 생각보다 무거웠고, 스스로에게 질문을 던지고 또 던지며 불면증과 싸워야 했습니다. 하루하루가 너무 피곤하고

버거워 아이 엄마가 되었다는 기쁨과 우리가 한 가족이
되었다는 행복을 먼 곳에서 찾아 헤매었던 거예요. 먼 곳에
있는 보물을 찾으러 가는 이삭처럼 앞을 볼 여유도 옆과 뒤를
둘러볼 마음도 없이 말이죠.

　다행히 이삭은 보물이 자신의 집 아궁이에 있다는
사실을 아주 멀리 돌아서지만 알게 되었고, 집으로 돌아오는
멀고 먼 길은 고개를 들고 주변도 돌아보며 가벼운 발걸음으로
걷습니다. 왕궁 앞 다리 밑에 혹시나 보물이 있지는 않을까
생각하고 길을 떠나던 때와는 정말 다른 표정입니다. 자신이
그토록 원하던 행복이 어디에 있는지 분명히 아는 자의
여유로움마저 느껴져요. 사실 처음 책을 보았을 때는 이
사실을 몰랐어요. 먼 길 떠나는 이삭의 힘든 몸짓에 마음이
아프고, 험한 산길에 걱정이 되어 돌아오는 길의 이삭은 미처
보이지 않았던 거예요.
　2년쯤 지나, 책장 정리를 하던 중 잊고 지냈던 《보물》이
다시 눈에 띄었습니다. 처음 이 책을 데려오던 날이 떠올랐죠.
그리고 천천히 책을 읽었어요.
　"어머! 이삭이 집에 돌아올 때 이런 표정이었어!"

그동안 제 삶 역시 변화가 있었나 봅니다. 이삭이 주변을 보듯, 달라진 이삭의 표정이 보이니 말입니다. 그사이 육아가 조금은 편해졌나봐요. 음, 편해졌다기보다는 아이와 함께 걷는 걸음의 속도가 조금씩 익숙해졌다는 표현이 맞을 것 같네요.

"가까이 있는 것을 찾기 위해
멀리 떠나야 할 때도 있다."

《보물》중에서

대학을 졸업하고 바로 일을 시작했어요. 10년이란 시간 동안 '나'라는 사람의 성장만을 생각하며 앞을 향해 전력질주를 했죠. 돈을 벌어 생활을 해야 했고, 더 좋은 직장을 구하고, 능력 있는 직장인이 되기 위해 공부도 소홀히 하지 않았어요. 그런데 엄마가 되고 나서 돈도 벌지 않고, 하루 종일 집에서 내가 아닌 다른 사람을 돌보는 일에만 매진했습니다. 내가 아닌 다른 사람이 내 인생의 주인공이 되었습니다. 태어나 처음 있는 일이었죠. 엄마라는 타이틀이 주어지는 순간 갑자기 다른 사람이 되어야 한다니, 무서웠어요. 그래서 조급하게 예전 달리기하던 속도에 맞춰 목표를 세웠죠. 그리고 그것을 이루지 못했을 땐 좌절했습니다.

그렇게 매일매일 넘어지고, 다치고, 울다보니 천천히 알게 된 것 같아요. 아이가 걷지 못할 땐 유모차를 밀며 걸어야 하고, 걸음마를 할 땐 넘어질까 뒤를 따라가며 걷고, 아이의 걸음이 조금 늘었을 때에는 아이 손을 잡고 천천히 걸어야 하는 것. 그게 엄마의 걸음이고, 엄마의 속도라는 걸요. 익숙하진 않지만 내가 적응해야 할 새로운 삶의 속도였어요.

언젠가 아이와 보폭을 함께 맞출 날이 오겠죠. 하지만 지금은 아이가 세상을 걷는 속도에 맞춰 보폭을 좁히지 않으면 저도 아이도 넘어질 거예요. 물론 알면서도 가끔은 더딘 속도가 답답해 아이 손을 놓고 마구 달려가고 싶을 때도 있어요. 하지만 언젠가는 아무리 붙잡고 애원해도 아이는 엄마 손 뿌리치고 자기만의 세상을 향해 달려가지 않을까요? 지난 4년 동안 '아이가 좀 더 크면 잡고 싶어도 잡기가 어려울 테니 잡아줄 때 열심히 손잡고 천천히 걷자.' 나에게 주문을 걸었습니다.

아이의 성장을 바라보고 있으면, 생각보다 그날이 빨리 올 것 같다는 생각이 들어요. 특히 "언제 엄마라고 말할래?" 했던 때가 엊그제 같은데 아이가 벌써부터 말대답을 할 때는요.

사춘기라며 방문을 쾅 닫아버리는 날이 오면 지금 이 시간이
무척 그리울 것 같아요.

역시나 반전 없이 이삭은 아궁이에서 보물을 찾았습니다.
지금 저의 삶 역시 반전 하나 없이, 우리 엄마도 그랬던 것처럼,
아주 빤하지만 아주 값지게 아이에게서 행복을 찾습니다.

## 《그건 내 조끼야》

계절이 바뀌고, 아이의 옷장을 정리하다가 작년 이맘때 입었던 아이의 옷가지를
펼쳐보았습니다. 팔도 짧아지고, 몸통도 꽉 조여 더 이상 입기 힘든 아이의
옷들을 친구의 아이에게 물려주기 위해 한곳에 모으다가, 혼자서 중얼거립니다.
"이렇게 작았는데 언제 이렇게 큰 거지?"
혼자서 인형을 가지고 놀던 아이가 어느새 다가와 정리한 옷들을 헤집더니,
자기가 돌쯤 입었던 옷을 들고 입겠다고 우깁니다.
"이제 이건 너무 작아서 못 입어. 동생에게 물려주자."
그래도 아이는 이미 자신의 몸보다 훨씬 작아진 옷을 어떻게 해서든

입어보겠다고 낑낑댑니다. 그 모습을 보는데, 꼭 생쥐의 빨간 조끼를
입어보겠다고 낑낑대는 코끼리가 떠올랐습니다.
"치호야, 이리 와. 엄마랑 그림책 보자."
산더미처럼 쌓인 옷들을 그냥 팽개쳐두고, 아이를 품 안에 안고 함께《그건 내
조끼야》를 보기 시작합니다. 어쩐지 지금의 속도대로 아이가 쑥쑥 자라면
이렇게 끼고 앉아 그림책을 볼 날도 얼마 남지 않을 것 같아, 서운한 마음에
아이를 더욱 꼭 안고, 킁킁 아이의 냄새를 맡아봅니다. 내 아이의 포근한 냄새가
코로 들어와 몸 안에 흩어집니다. 아이와 하나가 된 것만 같아 기분이
좋아집니다. 세상 어느 향수가 아이의 냄새만큼 좋을까 싶고요.

주변에서 비슷한 연령의 아이를 키우는 친구들과 이야기를 나누다 보면 다들
하는 말이 똑같음을 느껴요.
"아이가 너무 빨리 자라서 너무 아쉬워. 조금 천천히 자랐으면 좋겠어."
참 이상한 엄마들입니다. 이제는 아이가 배변 훈련을 시작할 때가 되었다고 책과
인터넷, 선배 육아맘들에게 배변 훈련에 관한 정보를 샅샅이 수집하면서도, 왠지
아이가 기저귀를 뗄 순간이 오면 섭섭할 것 같답니다.
외출 때마다 아이의 옷을 챙기는 것이 귀찮고 힘들어 빨리 혼자서 척척 옷을
입으면 얼마나 편할까 생각하면서도, 아이가 어느 순간 엄마가 골라준 옷을 입지
않고 자신의 취향을 고집하는 순간이 오면 섭섭할 것 같답니다.
아기띠에, 힙시트에 아이를 안고, 기저귀 가방을 메고, 허리가 끊어질 것 같아
아이가 빨리 혼자 걸었으면 좋겠다고 생각하면서도, 아이가 자기 몸만한 가방을
메고 혼자 걸어가는 뒷모습을 보면 그렇게 마음이 짠할 것 같답니다.

그리고 이미 아이가 커버린 엄마들은 말합니다. 힘들겠지만, 품에 안고 있을
그때가 좋을 때라고.

아이와 함께 《그건 내 조끼야》를 펼쳤습니다. 책장을 넘길 때마다 앞에 나온
동물보다 조금씩 몸집이 큰 동물들이 차례로 등장하는데, 마치 내 아이의 성장을
보는 것 같은 느낌이 듭니다. 분명 몸집이 큰 동물들이 생쥐의 조끼를 탐내고
자신도 한번 입어보겠다고 나서면서 일어나는 재미난 해프닝인데, 자꾸 코끝이
찡해집니다.
그러다 '내 아이도 이렇게 점점 자라겠지. 언젠가는 내 품을 떠날 날이
오겠구나.' 하는 생각이 들자 조금 서운합니다. 드디어 책의 마지막 장에
다다랐습니다. 책 속 생쥐가 다시 나타나 늘어날 대로 늘어난 조끼를 보며
속상해합니다.
순간, '이렇게 끝나면 안 되는데.' 하는 생각이 들었어요. 아이의 성장이
멈춰버린 기분 때문이었을까요? 그런데, 작가는 이런 엄마 마음을 이미
눈치챘나봅니다.
판권이 수록된 책의 진짜 마지막 장에 작은 그림 하나가 실려 있습니다. 코끼리
코에 늘어난 조끼를 걸고 그네를 타는 생쥐입니다. 표정은 자세히 보이지 않지만
분명 무척 신이 나 있는 것 같습니다. 그럼 그렇죠! 이게 그림책이죠.

하하하, 웃음이 났습니다.
이렇게 멋진 반전을 이끌어내는 아이로 내 아이도 성장할 것만 같은 대리만족
때문이었을까요? 아니면 아이가 아무리 몸집이 커져도 내 눈엔 마냥 천진하고

귀여운 아이로 보이겠구나 싶어서였을까요?

아마도 둘 다인 것 같습니다. 그리고 성인이 되어 시집까지 가고, 아이까지 낳은 딸인데도, 전화 한 통이면 쪼르르 먼 길을 달려와 어디 불편한 곳은 없는지, 김치는 안 떨어졌는지 살펴주는 우리 엄마 아빠 생각에 또 한 번 웃음이 났습니다.

아이를 키우다 보면 혼자 있고 싶은 순간이 정말 많은데,

정작 아이가 성장을 하고,

내 곁을 떠날 때에는 좀 많이 서운할 것 같습니다.

정말 이상한 엄마 마음입니다.

부록

엄마도 아이도 행복한

그림책 테라피

산부인과에서 아이의 첫 번째 초음파 사진을 받고 집으로 돌아오는 길에 서점에 잠깐 들렀습니다. 엄마가 된 나에게, 우리에게 찾아온 작은 생명에게 그림책 한 권을 선물하고 싶었거든요. 그날 제가 저에게 선물한 그림책은 《네가 태어난 날, 엄마도 다시 태어났단다》입니다.

집 근처 작은 카페에 들러 그림책을 한 장 한 장 넘겨 보았어요. 그리고 엄마가 된 내 모습을, 아직 까만 점에 불과한 내 아이의 모습을 상상해보았어요. 아이와 함께 소풍을 가고, 맛있는 음식을 먹고, 목욕을 하고, 자전거를 타고……. 임신과 출산에 대한 막연한 두려움을 잠시나마 잊을 수 있었습니다.

초음파 사진을 그림책 한쪽에 꽂아두고 늘 들고 다니는 조그만 수첩에 그림을 그리기 시작했습니다. 알처럼 보이기도 하고, 지구처럼 보이기도 하고, 달처럼 보이기도 하는 동그라미를 그리고 그 안에 조그만 아이를 그려 넣었죠. 그런데 가지고 있는 도구가 삼색 볼펜뿐이어서 색도 칠할 수 없고, 날카로운 선의 느낌 때문에 그림이 마음에 들지 않았어요. 동그란 원을 더 따뜻하고 보드랍고 안전하게 표현하고 싶었어요. 아이를 지켜주고 싶었어요. 어쩌면 제 안에 피어난 모성을 눈으로 확인한 첫 번째 순간이었을 거예요.

    그 후 저는 종종 그림책을 보고 난 후 머릿속에 맴도는 이미지를 혹은 가슴 속에서 피어나는 생각들을 눈으로 보고 마주할 수 있도록 그림으로 표현하곤 합니다. 미술치료실에서 만나는 아이들에게 그림책을 읽어주고 그림을 그리거나 표현하고 싶은 걸 만들어보게도 하고요. 때로는 엄마들을 대상으로 한 워크숍에서 그림책을 소개하고 자유롭게 그림을 그려보는 시간을 갖기도 해요.

    그림책은 어린아이가 성장하는 과정에서 만나는 책입니다. 그렇기에 그 안에는 한 아이가 어른으로 성장하는 과정에서 경험하는 일상과 감정이 고스란히 담겨 있어요. 그림책을 읽는 이들은 이를 눈으로 보고 귀로 듣고, 글자를 읽으며 재미와 감동을 느낍니다. 또 성장 과정에서 느꼈던 다양한 감정들을 끌어내기도 하고, 꼭꼭 감추었던 마음과 만나기도 하죠. 어린아이가 아니었던 사람은 아무도 없기에, 아이건 어른이건 우린 그림책 속에서 어린 나를 만납니다.
    그림책에는 이야기가 있어 조금은 쉽게 내 이야기를 끌어낼 수 있다는 장점이 있어요. 거기에 만약 나의 이야기라 말하는 게 겁이 난다면 그저 그림책 속 주인공의 이야기라고 핑계를 댈 수 있는 안전한 보호 장치도 있죠. 또 그림책을 통해 만난 나를 그림이라는 시각적인 수단으로 표현하면 말로는 설명하기 힘든 감정들을 나만의 방법으로 표출할 수 있어요. 색으로, 그림으로, 글씨로 무엇으로든 나를 표현할 수 있죠. 때로는 꽁꽁 담아두었던 부정적인 마음을 분출할 수도 있고, 때로는 나에게 꼭 필요한 위로의 메시지를 전달할 수도 있어요. 어떨 땐 타인에게 도움을 요청할 수도 있고요. 그림책은 정말 훌륭한 테라피스트입니다.

임신 기간 동안 저는 이 훌륭한 테라피스트의 도움을 정말 많이 받았어요. 그림책 속 아이의 모습을 곧 만날 나의 아이라 생각하며, 그림을 그리고 일기를 썼어요. 임신과 출산의 두려움을 이겨내기 위해서였죠. 내가 어떤 부분 때문에 이렇게 두려운지, 혹은 어떤 부분을 걱정하고 있는지 마주해보았고, 내 안에 어떤 엄마의 모습이 자리하고 있는지 살펴보았습니다. 물론 아이를 양육하다 보면 또 다른 걱정과 두려움이 생기고 위로가 필요한 순간이 속속 생겨나요. 그때마다 임신 기간 그림책 테라피를 통해 마주했던 엄마인 나와 아이의 모습을 떠올렸어요. 그리고 이만하면 잘하고 있다는 응원을 제 스스로에게 보내며 앞으로 나아갈 힘을 얻었습니다.

책을 쓰는 내내 나의 글을 읽는, 나와 같은 시간을 헤쳐나가고 있는 '엄마'들에게 이 좋은 테라피스트를 꼭 소개하고 싶었어요. 우리는 엄마라는 이름 하나만으로도 충분히 응원 받아야 하는 사람들이잖아요. 또 힘을 내야 하는 사람들이고요.

그래서 몇 권의 그림책을 통해 나를 만나는 방법과 아이와 함께 마음을 나눌 수 있는 방법을 간단히 소개해드리려고 해요. 그냥 편안히 보고 읽으며 감동을 느끼는 것도 좋지만 나와 아이를 위해 그림책을 조금 더 적극적으로 활용해보세요. 그림책과 내가 마음을 주고받고, 서로를 위로하는 멋진 순간을 느껴보세요. 토닥토닥 여러분을 안아주는 다정한 그림책들과 나만의 표현법으로 만나보세요.

나와 아이를 위해 그림책 테라피를 시작해보세요.

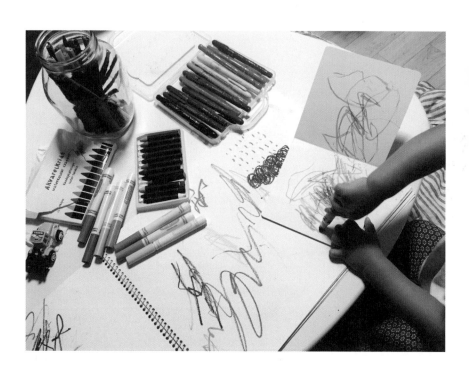

여기에서 소개하는 그림책 테라피는 그림책을 활용한 미술치료 프로그램을 바탕으로 해요. 그렇다고 정해진 규칙이 있는 건 아니에요. 그림책을 보며, 표현하고 싶은 감정을 자기만의 방법으로 마음껏 그리거나 만들면 돼요. 하지만 학창시절 이후 그림이라곤 그려본 적 없는 이에게 "마음껏 그려보세요."라는 말은 정말 막막할 거예요. 그래서 간단한 제시문을 함께 드릴 거예요. 그렇다고 꼭 제시문 대로만 할 필요는 없어요. 제시문은 어디까지나 참고용이니 표현하고 싶은 게 있다면 얼마든지 마음대로 하셔도 됩니다.

또 그림을 잘 그리지 못한다고 겁내실 필요도 없어요. 잘 그리려고 애쓸 필요도 없고요. 저는 미대를 졸업했음에도 불구하고 한참 세월이 지나 그림을 그리려니 처음엔 왠지 잘 그려야 할 것 같은 부담감에 쉽게 드로잉 도구를 들지 못했어요. 하지만 이건 미대 입시나 그리기 대회가 아니라는 걸 꼭 기억해주세요. 그림에 꼭 정확한 형태가 있어야 하는 것도 아니에요. 예를 들어 송곳으로 쿡쿡 지르는 느낌을 받았다면, 날카로운 느낌이 나는 볼펜이나 펜으로 뽀족뽀족한 낙서만 해도 좋아요. 화창한 봄날이 떠올랐다면 부드러운 파스텔로 나에게 따뜻한 색을 골라 도화지 가득 색만 칠해도 좋고요. 대신 왜 이렇게 표현했는지, 간단한 메모는 꼭 남겨두세요.

## 《네가 태어난 날, 엄마도 다시 태어났단다》

《네가 태어난 날, 엄마도 다시 태어났단다》는 한 아이가 태어나 엄마가
되기까지의 과정을 그린 책이에요.
한 아이가 태어났습니다. 포근한 엄마의 품에서 눈을 떴고, 자신의 탄생을 눈물로
맞이하는 아빠를 처음 보았습니다. 아이는 엄마 아빠의 품에서 보살핌을 받고
성장을 하고 사랑을 하고 한 아이의 엄마가 됩니다. 그리고 다시 자그마한 아이가
성장을 하고 사랑을 하고 엄마가 됩니다.
아이를 낳는 나의 모습에서 시작한다 싶었는데, 그림책을 끝까지 다 읽고 나면
내가 태어난 순간부터 그림책이 시작했구나 싶어요. 엄마인 우리도 시간을 점점
되돌려보면, 한 아이였고, 작은 태아였습니다. 엄마의 품에서 태어났고 보호받으며

성장했습니다. 우리의 아이들 역시 그렇게 자라겠죠.

잠시 눈을 감아보세요. 손으로 살살 배를 문지르며 엄마의 배 속을 상상해보아요. 이곳에 지금 작은 아이가 있습니다. 그곳의 온도, 풍경, 소리, 아이의 행동, 표정 등을 천천히 하나하나 떠올립니다. 엄마의 배 속은 밝은가요? 어두운가요? 빛이 있나요? 색이 있나요? 온도는 어떤가요? 아이는 어떤 모습이죠? 혹시 들리는 소리는 없나요?

이제 눈을 뜨고 도화지에 동그란 원을 그려보세요. 이 원은 엄마의 배 속입니다. 꼭 동그래야 하냐고요? 물론 아니죠. 타원형도 좋고 삐뚤어져도 괜찮아요. 눈을 감고 떠올렸던 이미지를 손이 가는대로 편안하게 그리세요.

여러분이 그려낸 엄마의 배 속은 여러분이 자라고 있는 어머니의 배 속일 수도 있고, 내 아이를 열 달간 품고 있던 나의 배 속일 수도 있습니다. 우리는 모두 어머니의 품에서 태어났고, 아이를 품은 경험이 있습니다. 그림책을 읽으면서 누군가는 나를 낳아주신 어머니를 떠올렸을 것이고, 누군가는 내 아이를 떠올렸을 거예요. 우리는 엄마라는 이름으로 서로 연결되어 있으니까요.

저는 처음엔 제 아이가 먼저 떠올랐어요. 아무래도 임신 소식을 바로 접했을 때 이 책을 보아서였을 거예요. 인생을 흔들 가장 강력한 사건이었으니까요. 민들레 꽃씨같은 작고 연약한 씨앗이 내 품에서 잎을 틔우고 꽃을 피운다니, 신기했어요. 마치 내가 우주가 된 것 같았어요. 생명을 품은 신비로운 세상이요.

요 근래 다시 이 책을 보았을 때에는 엄마의 모습이 더 많이 보입니다. 나를 키우고, 독립시키고, 나이가 들어가는 나의 엄마가요. 이번에는 원 안에 엄마를 그려넣었습니다. 그리고 엄마를 나의 배 속에 품어봅니다. 이제는 좀 포근한 딸이 되고 싶습니다.

이 세상에 작은 점이 되어 존재한 그 순간부터 우리는 엄마와 관계를 맺습니다.

어느 책에서 이런 글을 보았어요.

"우리가 사람일 수 있는 것은 다른 사람이 있기 때문이다."

그 첫 번째 다른 사람이 바로 '엄마'겠죠.

# 당신의 일상은 어떤 색인가요?

## 《나의 크레용》

커다란 크레용들이 여러분 앞에 놓여 있습니다. 여러분은 어떤 색깔을 먼저 집으시겠어요?

《나의 크레용》에는 코끼리의 커다란 크레용들이 등장합니다. 코끼리는 파란색 크레용을 가장 먼저 집어요. 그리고 화면 가득 파란색을 칠하죠. 개구리가 연못인 줄 알고 뛰어들 만큼 파랗게요. 코끼리가 두 번째로 선택한 색은 빨강 크레용입니다. 이번에도 코끼리는 빨간색을 칠하고, 칠하고 또 칠합니다. 동물들이 불이 난 줄 알고 도망칠 만큼 빨갛게요.

자, 이제 여러분이 코끼리가 될 차례예요. 여러분 앞에 커다란 코끼리 크레용이

놓여 있습니다. (실제로는 작은 사람용 크레용이지만, 그렇게 상상해보아요.) 어떤 색이 가장 먼저 눈에 띄나요? "나를 선택해줘."라며 말을 거는 색은 없나요? 그 색을 바로 손에 집습니다. 평소 좋아하던 색이 아니어도 괜찮아요. 지금 이 순간 선택하고 싶은 색을 집으세요. 그리고 도화지 가득 색을 칠해보세요. 코끼리처럼 칠하고, 칠하고, 또 칠해보세요. 얼마만큼 커다란 종이를 사용할지는 여러분 자유입니다. 크레용으로 칠하는 게 너무 힘이 든다면 물감에 커다란 붓이나, 부드러운 파스텔을 사용해도 괜찮아요. 중요한 건 지금 내 눈에 가장 띄는 색을 온전히 느껴보는 거예요.

《나의 크레용》은 제가 주로 미술치료 첫 회기에 아이들에게 많이 읽어주는 그림책이에요. 다른 동물들이 뭐라고 하든 말든 아랑곳하지 않고 코끼리는 쓱쓱 자신이 칠하고 싶은 만큼 색깔을 칠하고 또 칠하죠. 지금부터 너희가 코끼리가 되어볼 거라 이야기하면 아이들은 무척 신나해요. 내 마음대로 하고 싶은 대로 그리고 싶은 것을 다 그려도 될 것 같은 기분을 느끼는 것 같아요. 한번은 이 책을 보고 한 아이가 파스텔 살구색을 도화지 가득 칠했어요. 자기는 주황색인줄 알고 골랐다고 하기에, 그럼 색을 바꿔도 된다고 하니 괜찮다고 하더군요. 파스텔을 도화지에 문지르고 다시 손으로 색을 문지르고, 마치 살과 살을 비비듯 살구색과 터치하며 색을 칠한 아이는 '엄마의 손'이라는 제목을 지었습니다.
그날 아이가 칠해놓은 살구색 도화지를 한참 동안 바라보며, 아이에게 이 색이 어떤 느낌이었을까 곰곰이 아이의 마음을 따라가보았어요. 그래서 저도 색을 하나 골라보았어요. 노란색이 눈에 띄더라고요. 동그란 원을 그리며 노란색을 칠해나갔어요. 보름달 같았어요. 노란 원에서 따스한 빛이 나는 것 같았죠. 살구색 아이처럼 저도 제목을 지어보았어요. '엄마 마음'. 노란 달을 아이에게 선물하고 싶었습니다.

그림책《몬테로소의 분홍 벽》을 읽은 날에는 분홍색 크레파스와 파스텔을 손에 들고 색을 칠했습니다. 나의 분홍 벽을 떠올리면서요. 분홍에 취하다 보니 파랑 바다도 그려주고 싶었어요. 분홍 벽 위에 폴짝 올라앉아 바다를 내려다보면 참 좋겠다 싶었죠.

《나의 크레용》의 코끼리는 온전히 색을 즐기는 녀석입니다. 그래서 이 녀석을 보고 있으면 나도 색을 느껴보고 싶다는 생각이 들어요. 지금의 마음이 색으로 표현될 수도 있고, 오랫동안 쌓여온 나의 정서가 하나의 색으로 표현될 수도 있습니다. 여러분도 색을 칠하는 동안 혹은 칠한 색을 감상하며 느껴지는 마음을 마주해보세요.

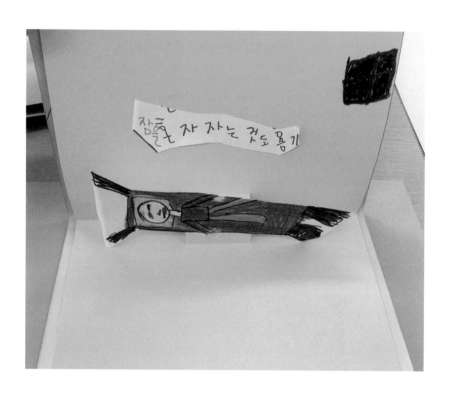

## 용기가 필요한 순간

---

### 《용기》

---

여러분에겐 어떤 용기가 있나요? 그림책《용기》는 이렇게 시작합니다.

"용기엔 여러 종류가 있지."

그림책은 어느 순간 보조 바퀴 없이 자전거로 씽씽 달려보는 것도 용기이고, 탐정 소설의 범인이 궁금해도 책 끝 장을 몰래 펼쳐보지 않는 것도 용기이고, 캄캄한 방에서 잠자는 것도 용기라고 이야기합니다. 막연했던 용기가 아주 사소한 일상에서부터 피어납니다.

아이들이 여럿 있는 자리에서 이 책을 읽어주면 아주 난리가 나요. 서로 손을 들며 자신이 가진 용기를 외쳐대느라 바쁘거든요. 엄마 심부름을 했다, 동생한테 사탕을 양보했다, 친구랑 싸우고 자기가 먼저 사과를 했다…… 조잘대는 그 입들이 어찌나 귀여운지 저는 한참 동안 아이들의 모험담을 들어주죠.

사실 이 책은 저에게 아주 의미가 깊은 책이에요. 대학을 갓 졸업하고 아이들을 위한 예술 교육 프로그램을 기획하던 때였어요. 그림책을 활용한 미술 수업 시간에 6~7세 아이들과 《용기》 책을 읽을 기회가 있었습니다. 아이들과 책 속에서 자신이 가진 용기를 찾아보고, 나만의 용기가 담긴 간단한 팝업북을 만들기로 했죠. 그런데 한 아이가 곧 울음이 터질 것 같은 표정으로 저를 바라보았어요.

"선생님, 저는……. 용기가 없는데요."

아차 했어요. 아이들에게 용기를 심어주기 위해 시작한 수업이었는데, 이러다가 용기를 잃을 수도 있겠다 싶었어요.

"그럼 이렇게 해볼까? 우리 다 같이 책상 밑으로 들어갈 거야. 그리고 서로 손을 잡는 거야. 그럼 선생님이 교실 불을 끌게. 그 다음엔 열까지 세보는 거야. 그럼 우리 모두 깜깜한 교실에서 열까지 참을 수 있는 용기가 생기는 거지!"

아이들은 반 강제, 반 억지이기는 했지만 무사히 용기 하나씩을 더 획득할 수 있었습니다. 그리고 용기가 없다던 아이도, 무사히 용기 하나가 생겨 팝업북을 만들 수 있었고요.

작은 사건이 더해진 평범한 수업이었습니다. 그런데 일주일 후 이 수업이 매우 특별해진 일이 일어났어요. 용기가 없다고 속상해하던 아이의 어머니가 저를 찾아오신 거예요. 아이의 어머니는 지난주 수업 후 아이가 자신이 만든 용기 책을 큰 소리로 읽으며 자기는 용기가 있으니 이제 혼자서 잠을 자겠다고 선언했다고 말씀하셨죠. 그러면서 아이가 겁이 너무 많은 것 같아 늘 걱정이었는데 도대체 이게 어찌 된 일이냐며 신기해하셨어요. 솔직히 저도 무척 신기했고요.

그날부터였습니다. 저는 그림책을 아이용 책이 아니라 특별한 힘을 가진 책으로 바라보게 되었어요. 그리고 그림책의 매력에 빠져 출판사에 그림책 편집자로 입사까지 하게 되었답니다.

돌이켜 생각해보니, 그날 전 저도 모르는 사이 자신감이 부족한 아이를 위해 그림책을 활용한 심리치료를 한 거였어요. 두려움 많고 자신감이 부족한 아이가 움츠려들지 않고, 자기도 용기라는 걸 가진 제법 멋진 아이라고 느낄 수 있는 시간을 제공했으니까요.

또 저에게도 매우 뜻깊은 시간이었어요. 진로에 대해 끊임없이 고민하고 방황하던 저를 그림책 편집자의 길로 들어서게 한 계기가 되었으니까요. 그래서 긍정의 힘이 필요할 때면 어김없이 이 책을 꺼내듭니다. 아이를 낳고 한동안 '내가 무슨 일을 할 수 있을까? 다시 내 자리로 돌아갈 수 있을까?' 고민하며 무기력해졌을 때에도 이 책을 꺼내 자주 읽었어요. 그리고 책에 소개된 용기들 중 내가 가지고 있다고 생각되는 것들 옆에 작은 메모들을 써놓았죠.

여러분이 《용기》 책을 읽었다 생각하고 다시 한 번 물어볼게요. 여러분에겐 용기가 있나요? 어떤 용기가 있나요? 눈, 귀, 마음을 활짝 열고 우리 안에 있는 용기가 무엇인지 진지하게 생각해보세요. 그리고 나만의 '용기 책'을 한 번 만들어보세요!

## 펑펑 울고 싶은 날

## 《눈물바다》

그림책 편집자로서 서현 작가님은 일을 하는 동안 꼭 한 번 만나 뵙고, 함께 일하고 싶은 그림책 작가예요. 《커졌다》, 《간질간질》, 《눈물바다》 등 작가님의 그림책들은 진짜진짜 재미있는 만화책을 보는 것 같아요. 만화 속에서 툭 튀어나온 것 같은 보기만 해도 피식 웃음나는 아이 캐릭터는 작가님 그림책을 사랑할 수밖에 없는 강력한 이유죠. 이렇게 제가 서현 작가님의 열혈 팬이 된 이유는 정말 주저 없이 말할 수 있어요. 바로 《눈물바다》 때문이에요.

한 아이가 눈물을 흘려요. 선생님한테 억울하게 혼나고, 시험은 빵점을 맞았는데 밖에는 비까지 내려요. 혼자 비를 쫄딱 맞으며 집에 돌아왔는데 엄마 아빠는

고래고래 소리를 지르며 싸우고 있어요. 눈물이 안 날 수가 있을까요. 내가 이 아이라도 오늘 하루 참 서럽겠다 싶은데, 눈물을 흘리는 양이 정말 어마어마합니다. 눈물이 차고 또 차올라 바다가 되어버릴 정도니까요. 아이는 눈물바다에 억울했던 일, 속상했던 일, 화가 났던 일, 무서웠던 일, 두려웠던 일, 아이의 마음속에 존재하는 모든 일들과 관련한 것들을 둥둥 떠내려 보내요. 바다에 빠진 모습으로 군데군데 등장하는 명작 동화 속 유명 등장인물들과 외계인 같은 모습의 인물들은 눈물이 만든 바다를 더욱 흥미진진하게 만들어요. 억울하고 속상한 마음 때문에 만들어진 바다라는 걸 잠시 잊을 만큼요.

아이들과 함께 이 책을 읽으면 또래의 이야기여서 그런지 감정이입을 정말 많이 해요. 슬쩍 엄마 아빠 흉을 보기도 하고, 대부분은 학교 공부에 관한 스트레스를 호소하죠. 아이들은 학교가 물에 떠내려가는 상상을 하며 얼마나 키득대는지 몰라요. 즐거워하는 아이들을 보며 잠시나마 아이들의 학업 스트레스를 덜어준 것 같아 뿌듯함을 느끼곤 합니다.
아이의 눈물바다에 풍덩 빠져 한바탕 소동을 구경하고 난 뒤 여러분의 눈물바다도 한 번 만들어보세요. 이번엔 준비물이 있습니다. 바로 수성 사인펜과 물뿌리개예요. 도화지에 사인펜으로 눈물바다에 흘려버리고 싶은 것들을 그려요. 그 위에 파도를 그려 저 먼 바다로 휩쓸려 간다 생각해요. 아예 지워버리고 싶은 것은 까맣게 덧칠해도 좋아요. 그리고 난 후 물뿌리개로 도화지에 그려진 그림을 향해 물을 뿌려요. 도화지가 흥건히 젖을 만큼이요. 찢어져도 상관없어요. 어차피 흘려버릴 것들이었잖아요. 물에 번져 흐려지는 그림들을 보고 있으면 잠시나마 근심 걱정이 옅어지는 기분이 들어요.

감정을 드러내고 표현하는 것은 아이나 어른 모두에게 필요한 일이에요. 그런데 우리는 울면 안 된다는 말을 자주 들어요. 울면 산타할아버지가 선물을 안 주신다고 하고, 우는 건 어른스럽지 못하다고 말하죠. 하지만 정말 울고 싶은 날엔 그냥 울었으면 좋겠어요. 육아에 지쳐 자존감이 한없이 바닥으로 떨어지는 날, 아무도 나를 알아주지 않는 것 같아 외로운 날……. 여러분을 힘들게 하는 묵은 감정들을 눈물바다에 흘려보내세요.

소중한 사람에게 진심을 전하세요

---

《 알사탕 》

---

치료실에서 만난 아이들 중에는 부모가 나를 사랑하지 않는다고 생각하는 아이들이
종종 있어요. 이런 생각은 아이의 마음을 불안하게 하거나, 위축시키거나, 때로는
분노에 휩싸이게 만들어요. 그런데 안타까운 건 아이들의 부모님을 만나 이야기를
나눠보면 표현하지 못할 뿐 세상 그 누구보다 아이를 사랑하고 걱정하는 경우가
대다수예요.
"표현해주세요. 안아주세요."
제가 부모님께 가장 많이 하는 말이에요. 아이들은 부모가 나를 사랑하고 있구나
깨닫는 순간 정말 큰 힘을 얻는 답니다. 아이들뿐이겠어요. 결혼을 하고 일상에
지쳐가던 부부 사이도 마찬가지죠. 상대방이 실은 나를 여전히 사랑하고 있구나

느끼게 된다면, 지친 마음을 추스를 힘을 얻어요.

"알사탕을 입 안에 쏘옥 넣으면, 누군가의 진심이 들린다."
동화 같은 이야기가 정말 일어날 것 같은 사건이 되어 그림책이 되었어요. 바로
그림책《알사탕》입니다. 강아지의 목소리가 들리고, 낡은 소파의 목소리가
들리고, 돌아가신 할머니의 목소리가 들리고, 아빠의 목소리가 들려요. 아이를
보자마자 한가득 잔소리만 늘어놓는 아빠를 보며 아이는 아무 말도 하지 못합니다.
하지만 알사탕 하나를 입에 넣은 후, 아빠의 등 뒤로 새어 나오는 진심을 들어요.
"사랑해. 사랑해. 사랑해. 사랑해. 사랑해. 사랑해."
아이는 아빠에게 다가가요. '사랑해.'라는 말은 아이가 아빠에게 늘 듣고 싶었던
말이었나 봅니다. 뒤돌아선 아빠를 꼭 껴안는 아이를 보며, 저 역시 우리 아빠를
안아주고 싶다고 잠시 생각했어요.

여러분은 누구의 마음을 듣고 싶나요? 동그란 알사탕을 그리고, 그 안에 여러분이
듣고 싶은 이야기를 가득 담아보세요. 혹시 전하고 싶은 이야기가 있는데,
망설이고 있지는 않나요? 이번에도 알사탕 하나를 커다랗게 그려보세요. 그리고 그
안에 전하고 싶은 이야기를 담아보세요. 하고 싶은 말들을 중얼거리며 동글동글
원을 마음껏 그려보는 것도 재미있어요. 클레이점토나 천사점토, 지점토 등을
둥글둥글 빚어도 좋아요. 둥그렇게 모양을 다듬으며 마음을 전하고픈 사람을
떠올려봅니다. 행운을 점치는 포춘쿠키처럼 쪽지에 하고 싶은 말을 적고 점토 안에
쏙 넣어도 좋겠네요.

진심을 전한다는 건 생각보다 많은 용기를 필요로 합니다. 그래서 많이 망설여지기도 하고, 결국 용기내지 못하는 경우도 많죠. 그래도 진심은 전해야 한다고 생각해요. 전하지 않은 진심은 상대방에게 닿지 않으니까요. 말하지 않아도 마음의 소리가 들리는 알사탕 같은 일은 현실에서는 자주 일어나지 않으니까요.

언젠가 저 역시 달콤한 알사탕 하나를 입에 넣고, 아빠를 향해 달려가고 싶습니다.

그리고 아빠에게도 알사탕을 하나 입에 넣어드리고 싶어요. 제 진심이 아빠에게 들리도록 말이죠.

# 함께 읽어요

## 엄마와 아이 모두를 위한 그림책

제주 '그림책방노란우산'에서

그림책을 만드는 사람으로, 그림책을 활용한 심리 치료를 진행하는 미술치료사로, 그리고 한 아이의 엄마로 그림책과 함께 일상을 살아갑니다. 이런 저에게 누군가가 그림책은 무엇이냐 묻는다면, 전 아마도 '한 사람이 태어나 제일 처음 만나는 책'이라고 대답할 것 같아요.

따뜻하고 안전했던 엄마의 배 속에서 나와, 긴 인생의 모험을 시작해야 하는 아기에게 세상은 어쩌면 조금 두렵고 무서운 곳일지도 모르겠습니다. 그런 아기가 처음 만나는 책은 시집도, 소설책도, 에세이도 아닌 당연히 그림책이죠. 그림책은 아기에게 네가 앞으로 살아가야 할 세상은 재미나고 흥미진진한 이야기가 많이 있고, 아름다운 풍경도 가득하며, 무엇보다 너를 사랑하는 사람들이 함께 살아가는 곳임을 보여줘요. 아이의 눈앞에 펼쳐진 아름다운 그림과 이야기를 들려주는 엄마와 아빠의 부드러운 목소리가 아이에게 "불안해하지 마렴. 괜찮아, 사랑해."라고 소곤대죠.

누군가가 이 세상에 태어나 처음으로 마주하는 책일 수도 있다고 생각하면 그림책 한 권을 만드는 데 정말 많은 정성을 쏟게 돼요. 책임감도 느껴지고요. 이런 마음은 제가 나의 아이, 내담자, 그리고 나에게 선물하는 책을 고를 때 가장 중요한 기준이 된답니다.

한 권의 책을 보고 나면 아이를 꼬옥 안아주게 되는 그런 이야기와, 바라만 봐도 기분 좋은 그림이 한데 어우러진 그림책. 전 그런 그림책을 많이 아주 많이 보고 싶고, 갖고 싶고, 만들고 싶어요.


푸하하하 소리 내어 웃고 싶은 날, 웃긴 책 = 행복한 책

웃음만 한 보약은 없죠? 무조건 웃고 싶은 날, 아이의 까르르 웃음소리가 듣고 싶은 날, 강력 추천하는 웃긴 그림책들입니다.

《벗지 말걸 그랬어》 요시타케 신스케 글·그림 | 유문조 옮김 | 스콜라

《메리크리스마스, 늑대 아저씨!》 미야니시 타츠야 글·그림 | 이선아 옮김 | 시공주니어

《수박씨를 삼켰어!》 그렉 피졸리 글·그림 | 김경연 옮김 | 토토북

《아프리카 초콜릿》 장선환 글·그림 | 창비

《11마리 고양이》 바바 노보루 글·그림 | 이장선 옮김 | 꿈소담이

## 봄, 여름, 가을, 겨울. 사계절을 담은 책

자연이 아름답게 표현된 그림책을 정말 좋아해요. 그림책을 보고 있으면 아이의 손을
잡고 바다로 산으로 들로 냇가로 뛰어가고 싶거든요. 또 고요한 자연 속에서 지친 마음을
위로받고 싶기도 하고요. 많은 자연 그림책 중에서도 특히 사계절이 담긴 책을
좋아하는데, 그 이유는 자연만이 갖는 생명력이 느껴져서입니다. 매일매일이 다르고,
철마다 선물 같아요. 아이도 저도 살아 있는 자연 안에서 성장하는 느낌이에요.

《흰 눈》 공광규 글 | 주리 그림 | 바우솔
《봄 숲 놀이터》 이영득 글 | 한병호 그림 | 보림
《파도야 놀자》 이수지 그림 | 비룡소
《수박 수영장》 안녕달 글·그림 | 창비
《아빠, 나한테 물어봐》 버나드 와버 글 | 이수지 그림·옮김 | 비룡소
《오늘 아침 눈이 왔어요!》 스테피 브로콜리 글·그림 | 이나영 옮김 | 보림


## 내 마음을 위로해주는 이쁜 내 새끼

혹시 지금 "나 정말 잘하고 있는 걸까?" 하고 불안해하고 있나요? "난 좋은 엄마가 아닌
것 같아." 하며 우울해하고 있나요? 그렇다면 지금 아이와 함께, 혹은 좋아하는 음악을
틀어놓고, 여기 소개해드리는 그림책을 펼쳐보세요. 아이가 전하는 사랑이 달콤한 약이
되어 여러분의 마음을 토닥여줄 거예요.

《토끼 아저씨와 멋진 선물》 샬롯 졸로토 글 | 모리스 샌닥 그림 | 조동섭 옮김 | 시공주니어
《도토리 마을의 빵집》 나카야 미와 글·그림 | 김난주 옮김 | 웅진주니어
《이상한 엄마》 백희나 글·그림 | 책읽는곰
《내가 엄마고 엄마가 나라면》 이민경 글 | 배현주 그림 | 현암주니어
《내가 아빠를 얼마나 사랑하는지 아세요?》 샘 맥브래트니 글 | 아니타 제람 그림 | 김서정 옮김 | 베틀북
《우리 아빠가 최고야》 앤서니 브라운 글·그림 | 최윤정 옮김 | 킨더랜드

## 나도 한때 어린아이였지

그림책은 부모를 잊고 지냈던 어린 시절로 초대합니다. 우리 안에는 누구나 어린아이가 살고 있습니다. 이미 오래전에 떠나가 버린 시절이지만, 그림책은 그 시절을 다시금 떠올리게합니다. 어른이 되어 절제와 경직이 익숙해진 부모들은 그림책 속 어린 시절을 통해 마음껏 웃어도 보고, 장난도 쳐봅니다. 혹시 그때 상처받은 기억이나 결핍된 욕구가 있다면 그것을 알아봐주고 보듬어주세요. 그림책을 보며 어린 시절의 나로 잠시 돌아가 어린 나를 만나보아요.

《어린이》 베라트리체 알레마냐 글·그림 | 곽노경 옮김 | 한솔수북
《내 사랑 뿌뿌》 케빈 헹크스 글·그림 | 이경혜 옮김 | 비룡소
《팔딱팔딱 목욕탕》 전준후 글·그림 | 고래뱃속
《이상한 손님》 백희나 글·그림 | 책읽는곰
《아기똥꼬》 스테파니 블레이크 글·그림 | 김영신 옮김 | 한울림어린이


## 삶과 죽음, 만남과 이별, 인생길의 의미에 대해서

한 권의 그림책 속에 한 사람이 태어나 죽음을 맞이할 때까지의 삶의 여정이 담겨 있다면, 그림책의 무게는 얼마나 될까요? 저는 지금 인생의 긴 여정 중 중간쯤에서 아이의 손을 잡고 걷고 있지 않나 싶어요. 앞으로 걸어갈 인생길에 대해 조금은 진지하게 생각해보고 싶을 때 그림책을 만나보세요.

《내가 함께 있을게》 볼프 에를브루흐 글·그림 | 김경연 옮김 | 웅진주니어
《태어난 아이》 사노 요코 글·그림 | 황진희 옮김 | 거북이북스
《끝없는 나무》 클로드 퐁티 글·그림 | 윤정임 옮김 | 비룡소
《어른이 되면 괜찮을까요?》 스티안 홀레 글·그림 | 이유진 옮김 | 웅진주니어
《나는 죽음이에요》 엘리자베스 헬란 라슨 글 | 마린 슈나이더 그림 | 장미경 옮김 | 마루벌
《나는 생명이에요》 엘리자베스 헬란 라슨 글 | 마린 슈나이더 그림 | 장미경 옮김 | 마루벌

## 책에 소개된 그림책

엄마가 되고 난 이런 생각을 해

**초판 인쇄** 2018년 11월 9일
**초판 발행** 2018년 11월 15일
글 표유진
**편집** 표유진, 박지혜
**디자인** 곰곰디자인·조희정
**홍보** 김진현, 김윤정, 김선아
**독자 모니터** 이백설, 임서연, 차서영, 천하람
**펴낸이** 문지애
**펴낸곳** 보통의나날
**주소** 서울특별시 용산구 이촌로 181, 우편번호 04421
**전화** 070-8811-2299
**팩스** 02-6974-1600
**전자우편** orddays@naver.com
**출판등록** 2015년 1월 15일 제2015-000005호

ISBN 979-11-956075-5-6

저작권법에 의하여 한국 내에서 보호를 받는 저작물이므로 무단 전재와 복제를 금합니다.
잘못된 책은 바꾸어 드립니다.